연보랏빛 고운
꽃이 피었습니다

연보랏빛 고운
꽃이 피었습니다

ⓒ 김윤미, 2023

초판 1쇄 발행 2023년 9월 1일

지은이   김윤미
펴낸이   이기봉
편집   좋은땅 편집팀
펴낸곳   도서출판 좋은땅
주소   서울특별시 마포구 양화로12길 26 지월드빌딩 (서교동 395-7)
전화   02)374-8616~7
팩스   02)374-8614
이메일   gworldbook@naver.com
홈페이지   www.g-world.co.kr

ISBN   979-11-388-1871-1 (03810)

연보랏빛 고운 꽃이 피었습니다

김윤미 지음

이 책은 김윤미 작가의 두 번째 창작집으로
중, 단편 소설과 삶의 에세이 집으로 구성되어 있다

좋은땅

작가의 말

이제 두 번째로, 내가 그동안 틈틈이 쓴 소설과 수필 등을 묶어, 부족하나마 또 한 권의 책을 세상에 선보이게 되었다. 사실, 나는 '드라마 작가'가 되는 것이 인생 2회 차의 큰바람이었는데, 이런저런 일들로 오십 대의 중요한 시간을 보내는 바람에 결국 드라마 작가의 길은 포기했다. 육십이 넘은 나에게 드라마 작가의 길은 너무도 험난했기 때문이었다. 여기에 쓰인 소설들은, 내가 '드라마 작가'로 데뷔하기 위해서 틈틈이 쓴 소설들이다! 교통사고 후에 얻은 목과 허리의 디스크 증세와 심리적으로는 공황장애, 폐소공포로 나는 여러 종류의 약을 늘 먹게 되었는데, 수시로 그 약들은 나를 괴롭혔다. 그럼에도 내가 이 책을 완성하기까지는 내 친정어머니의 도움이 가장 컸다. 여든 중반을 넘어선 연세에도 손수, 내가 좋아하는 음식으로 끼니마다 맛있는 밥을 차려 주셔서, 육십이 넘은 나이에도 나는 내 어머니의 도움으로, 글만 쓰면 되는 세상 편한 팔자가 된 것이다!

또한 내 인생의 동반자이자, 내 아이들의 아빠인 남편의 도움과 그의 응원을 잊을 수가 없다. 나 홀로 미국행 14시간이 넘는 긴 비행시간을 견디기가 어려워서, 한국에 쭉 머물게 된, 그 긴 시간 동안에 혼자 미국에서 그 외로운 시간을 견디며 나를 응원해 준 것이다! 그러고 보면, 나는 건강 외에는 모든 것을 받은 '축복된 인생'이었다. 또한 미국에서 이 엄마의 도움도 없이, 긴 시간 동안 열심히 자기 일을 잘 감당하고 있는 내 사랑하는 두 딸에게도 감사의 말을 전한다!

연보랏빛 고운 꽃이 피었습니다

또한 좋은 출판사와 직원들의 도움, 그리고 내 주위 지인들의 위로와 응원도 컸다. 나는 늘 '사랑의 빚'을 지고 살아온 것이다! 이제 이 자그마한 한 권의 책을 내면서, 내 주위의 모든 분에게 깊은 감사와 사랑을 전한다. 만약, 나에게 아직도 남은 건강과 여건이 된다면, 나는 몇 권의 책을 더 쓰고 싶다. 우리의 인생은 보잘것없지만, 가장 보람된 것은 자신의 꿈을 도전하는 것이라고, 굳은 응원의 말씀도 전하고 싶다. 이 책의 제목을《연보랏빛 고운 꽃…》으로 한 것은, 내 책의 모든 주인공이 꽃과 같은 이미지를 갖고 있기 때문이다. 선희는 하얀 치자꽃, 미령은 붉은 동백꽃, 수경은 노란 수선화, 지은이는 분홍나리꽃, 미선은 4월의 벚꽃 같은 이미지로 그려 보았다. 그녀들이 이 험난한 세상에서, 부디 '아름다운 꽃'으로 독자들께 오래도록 기억되어 주길 바란다.

　내 창밖으로는, 다시 쓸쓸한 가을이 조용히 내리고 있다.

　내가 이 책을 쓰기 시작한 것은 추운 겨울이었는데, 어느덧 계절은 봄을 지나고 여름으로, 다시 가을로, 우리에게 다가왔다. 결실의 계절에 이렇게 한 권의 소중한 책을 내놓게 됨은 큰 기쁨이고, 가슴이 설레는 행복이다. 사랑하는 내 주위의 모든 분에게 이 가을, 건강과 행복을 나누고 싶다. 그리고 가능하다면, 다가오는 매서운 겨울에도 끄떡없을 크고 따뜻한 사랑, 또한 여러 독자님께 드리고 싶다!

- 작가, 김윤미 드림

연보랏빛 고운 꽃이 피었습니다

내가 키우던 파란 화초 옆에, 보랏빛 사랑 초가
작은 화분 안에 가득히 피기 시작했습니다.
햇빛이 잘 드는 창가에 옮겨 놓고, 물도 넉넉히 주었지요!

무럭무럭 자라던 사랑 초의 보랏빛 이파리 옆에서는
연한 보랏빛 꽃대가 서서히 올라오더니, 햇살이 맑게
비치던 날! 그 한가운데 고운 연보랏빛 꽃이 핍니다.

당신이 떠나시던 날, 그 많던 꽃대에서 보랏빛 꽃들이
하나둘씩 바닥에 떨어지더니, 결국 모든 꽃이 다 지고
말았습니다. 당신을 보낸 서운한 마음에 활짝 피었던
저 꽃마저 지고 나니, 혼자 남은 내 마음이 서글픕니다.

내 방에는 당신이 두고 간, 가을 옷가지 몇 개만 덩그러니
남았습니다. 창밖에는 내 마음처럼, 궂은 겨울비가 추적추적
많이도 옵니다. 나는 갑자기 온몸이 추워져서,
두꺼운 겨울옷을 주섬주섬 꺼내 입습니다.

사랑하는 당신…!

당신이 도착한 그곳에는, 부디 날씨가 맑았으면 합니다.

연보랏빛 고운 꽃이 피었습니다

(연보랏빛 사랑초 꽃이 하트모양의 잎새들 틈에서 곱게 피었다.)

연보랏빛 고운 꽃이 피었습니다

·목 차·

✿ 단편소설 모음

중편 소설 모음

가련한 선희 씨의 사소한 소망

·······························

"왜 살아야 하는지, 그 이유를 아는 사람은 어떤 어려움도 견뎌 낼 수 있다."

프리드리히 니체 / '우상의 황혼' 중

연보랏빛 고운 꽃이 피었습니다

1. 선희는 이런 오후가 좋다

너무 환하지도, 어둡지도 않은, 저 하늘에 구름이 간간이 있는 이런 날! 슬프지도, 그렇다고 그다지 기쁘지도 않은 그녀의 마음처럼, 이런 날씨는 편안해서 좋다. 그녀는 이런 날이면, 베란다에서 지는 해를 보는 것이, 그녀의 소박한 삶의 유일한 낙이다. 하루를 마감하기 위함이 아니라, 이 시간을 위해서 온종일을 서성이며 기다려 왔다는 표현이 맞을 것이다. 일부러, 무리하면서 이곳의 작은 빌라에 전세를 마련한 것도, 이 동네의 뒷산에 나지막이 걸린 해가 서서히 그 빛을 잃어가는 황홀한 장면을 보고 나서였었다.

오늘도 그녀는 부지런히 점심을 먹고, 간단한 저녁 식사를 위해 된장찌개를 끓이고, 김치 몇 조각, 그리고 달걀부침을 하나 해서 저녁을 준비하고는 오직 자신만을 위한 그 오후 시간을 위해 아끼던 커피를 식탁에 꺼내어 놓는다. 이것은 그녀의 유일한 친구인 미란 씨가 준 것이다. 그녀의 오랜 친구, 하나밖에 없는 친구-미란 씨는 라디오 디제이인데, 그녀는 미란의 "오후 6시의 데이트"라는 프로그램의 열혈 청취자였다.

2. 십여 년 전의 일이다

그 방송에서 우연히 〈삶의 수기〉를 모집하는 광고를 듣고, 자기 삶에 대해 몇 자 적어서 낸 것이, 덜컥 당선되었다. 사실 어릴 적부터 일기를 써 오던 그녀였기에, 그다지 어렵지 않게 자기 삶의 이야기를 써 내려갔던 것이다. 직접 방송국에 가서 상금과 우수상패도 받고, 늘 목소리로만 그리던 나의 그녀-미란 씨를 만나게 되었다. 그녀는 화려한 언변에 이쁘장한 얼굴, 자신감 넘치는 태도 등등, 그녀는 누가 봐도 사랑스러운 존재이다. 늘 누군가에게 주목받지 못하던 그녀-선희에게 미란은 '꿈같은 존재'였다. 그런 미란 씨를 늘 동경해 오다가, 라디오의 한 프로그램에서 '생활 수기 수상'을 하는 모임에서 만나서 같이 사진도 찍고, 밥도 먹고, 그러다가 선희가 어렵게 말을 꺼내어 겨우 그녀의 핸드폰 번호를 받았다. 아! 선희는 그때 생각을 하면 지금도 손이 덜덜 떨린다. 평소에 자신의 주장을 잘 하지 않는 그녀였기에, 그런 용기를 낸 자신이 믿기지 않을 정도이다. 그런 그녀를 한 달에 한 번 만나는 일이 선희의 유일한 낙인데, 이날이 그녀의 오로지 한 번뿐인 외출이자, 그녀의 하루 동안 이어지는 금쪽같은 '행복한 사치'이다.

3. 햇살이 따사로운 봄날의 오후였다

그녀가 사는 4층에서 창밖을 내려다보니, 아래에는 선희가 사는 빌라의 아이들이 삼삼오오 조그마한 놀이터에서 놀고 있다. 잘 노는가 싶더니, 한 아이가 옆의 아이에게 뭐라고 큰소리를 치면서, 놀이터의 모래를 던진다. 그러니, 그 옆의 아이도 눈을 비비며 더 크게 언성을 높이고 자기가 앉아 있던 주위의 모래를 두 줌 던지더니, 뒤편의 벤치에 앉아 있던 노인들 세 명이 동시에 일어나며, 자기 손자와 손녀를 껴안고 서로를 향해

연보랏빛 고운 꽃이 피었습니다

언성을 높인다. 그중 제일 나이 많은 할아버지 한 분이 그나마 다른 분들을 자제시키는 바람에 싸움이 중단되고, 각자 자기 아이들을 데리고 집으로 들어간다. 선희는 이 모든 모습을 자신의 방에서 빙그레 웃으며 내려다본다. 그런 싸움은 늘 있는 일이다. 때론 분리수거 쓰레기 현장에서, 때로는 과일 트럭 아저씨와 경비 아저씨들 간의 싸움, 어느 동 아저씨들 간의 주차 문제, 그리고 술에 취해 고성방가하는 아저씨와 그를 못마땅히 여기는 주민 간의 싸움 등등, 특별히 할 일이 없는 무료한 선희는 이런 싸움을 즐겨 본다. 모든 삶의 희로애락이 그대로 이들의 싸움에 고스란히 들어있는 것이다. 대체로 목소리가 큰 사람이 일방적으로 승리하는 것을 보면서, 소심한 그녀도 "에헴" 하며 큰 소리를 내어 보기도 한다. 그녀는 혼자서 이런 상상을 하니, 일상이 무료해서 쳐져 있던 그녀의 마음이 즐겁다.

'나에게도 귀한 외손녀가 있었더라면, 이런 싸움의 현장에서 결코 만만하게 물러서지 않을 텐데…!' 그녀도 언성을 높이고, 상대 아이에게 눈을 치켜뜨며 뭐라고 할 것이고, 상대 할머니에게도 지지 않고 대들 것이다. 그녀의 손녀는 양 갈래머리를 곱게 땋고, 옆머리에는 고운 꽃 핀을 꽂았을 것이다. 선희는 그 손녀의 머리에 묻은 모래를 털어내고, 집에 데리고 가서 달래주면서, 아마도 집에 숨겨둔 달콤한 빨간 딸기 사탕이나 옥수수 과자 정도를 그 조그만 손에 쥐여주겠지? 그러고는 알맞게 따뜻한 물에 목욕시키고, 냄새가 좋은 보디로션을 온몸에 문질러주며 그녀가 유일하게 아는 '섬집 아기' 노래를 불러줄 것이다. 깨끗하고 보송보송한 이불 위에 귀하고 귀한 내 손녀를 재워 주면서, 자신도 그 옆에서 고양이처럼 따스한 오후의 햇살을 즐기며 모처럼 꾸벅꾸벅 졸다가, 맛난 대낮의 잠이 들었을 것이다. 그러다가 문득 눈이 떠지면, 저녁이 되어 급히 회사에서 돌아올 딸과 사위를 위해 서둘러 고슬고슬한 흰밥을 지을 것이다. '맛난 반찬 몇 가지를 하고, 내 사위가 좋아하는 된장찌개와 내 딸이 좋아하는 멸치볶음과 자신이 좋아하는 나물 몇 가지를 마련해야지!' 그녀는 생각만으로도, 스스로 기꺼운 마음이 들면서, 자신을 향해 가벼운 미소를 지어본다.

4. 어느새 5시가 되었다

"저런…!" 정신 놓고 이런저런 상상을 하던 그녀는, 소스라치게 놀라면서 서둘러 밥을 한 공기 퍼서, 된장찌개에 말아 허겁지겁 먹는다. 김치 한두 조각에 달걀부침을 꾸역꾸역 우겨서 자기 입에 넣으며, 단 10분 만에 간단한 식사를 마치고, 개수대에 그릇들을 얼른 집어넣고는 그 개수대에서 입을 헹구고, 늦을세라 허겁지겁 거실 옆의 베란다로 나간다. '아…! 누가 보면, 세상 큰일이라도 난 줄로 알걸?' 선희는 이런 자기 모습이 우스워, 빙그레 미소를 지어본다.

'어휴…. 5시 12분이네. 오늘 일몰 시각은 5시 37분이라 했지.' 서두르던 그녀의 핼쑥한 얼굴에 안도의 빛이 살며시 번진다. 드디어 일몰 시각이 가까워져 온다. 지는 해 주위가 서서히 고운 주홍빛으로 물이 들더니, 이윽고 동네의 나지막한 뒷산이 불탄 듯 붉게 물든다. 마치 주황의 비단 옷감을 확 펼쳐 놓은 듯이 보인다. 선희는 이런 시간이면 괜히 눈시울이

연보랏빛 고운 꽃이 피었습니다

붉어진다. 왜일까? 매일 저 산에서 지는 해는 특별한 것도 없는데 말이다.

'아! 나도 이렇게 해가 지듯이, 아름답게 내 삶이 서서히 지는 것이 소원인데…' 바짝 마른, 앙상한 선희의 두 눈에서는 알 수 없는 눈물이, 양 눈가로 주르륵 흐른다. 그리곤 주위가 갑자기 깜깜해지듯이, 아무도 모르게 내 죽음이 숨겨지길 원하는 것이 누구에게도 말하지 못하던 그녀-소박한 선희의 마음속 깊은 소원이다. 이윽고, 저 서쪽에선 붉게 물든 저녁 해가 떨어지는데, 그녀는 급격히 추위가 느껴진다. 곁에 걸친 스웨터가 얇은가? 이상하게 그녀의 몸이 서서히 굳는 듯하더니, 등이 약간 가렵다. 등을 긁은 그녀 손엔 이게 무엇인가?

"어? 뭐야? 하하하…!" 어제 오후 뒷산에서 본 바로 그 이끼 아닌가? 그게 어느새 등에 묻었나? 온종일 그녀의 등에 스멀스멀 가려운 것이 바로, 이 이끼였다니, 그녀는 헛웃음이 나온다. 그녀의 공허한 웃음소리가 허공에서 흩어진다. 선희는 몸이 경직되려다가, 그만 그녀의 큰 웃음으로 금방 풀어지고 만다. 그녀는 급히 방 안으로 들어와서, 부엌 개수대에 담겨 있는 저녁 식사한 플라스틱 그릇 몇 개를 얼른 씻고는, 불이 나게 라디오를 켠다.

5. 오후 5시 47분…

6시에는 미란 씨의 라디오 프로그램이 시작되기에, 선희는 경건한 마음으로 거실의 라디오를 켠다. 그녀의 설거지한 거친 손에는 향이 좋은 로션을 발라본다.

"설거지한 냄새, 된장 냄새가 나면, 라디오에서 진행하는 미란 씨에게 큰 실례이니까…. 하하!"

그녀는 자신의 매너에 다시 한번 만족하면서, 다시 한번 미란 씨의 라디오 방송에 집중해 본다. 오늘도 나의 사연이 읽히려나? 선희는 오늘도 두근거리는 마음으로 라디오에 귀를 기울인다.

"아! 오늘도 우리의 선희 씨가 고운 사연을 보내셨네요…. 해가 지는 석양을 바라보면서, 나의 삶도 그렇게 저물고 싶다는, 간절한 소원을 써 주셨군요! 오늘 선희 씨가 신청한 곡은 '붉은 노을-이문세' 씨의 노래로 듣겠습니다." 나직하고 달콤한 미란 씨의 멘트다! 라디오에서 들려오는 그 노래를 들으니, 그녀의 몸과 마음이 다 나지근해진다.

아…! 이것으로 오늘의 일과는 다 마친 것이다. 그녀는 내일 있을 미란 씨와의 데이트를 위해 아침 일찍 눈을 뜨고, 새벽 5시에 목욕하러 갈 것이다. 그녀는 베란다 옆, 작은 나무들이 바라보이는 거실 귀퉁이에 자신의 소박한 이불을 깐다. 변변한 침대나 가구도 없이, 그녀는 몇 그루의 꽃 화분과 작은 나무 화분들과 더불어 산다. 사실, 이것마저도 동네의 이웃들이 이사하면서 버린 것들인데, 그녀의 정성으로 아주 잘 자라고 있다. 그녀는 베란다의 꽃나무들에게 일일이 인사를 하면서 잠을 청한다.

'아…. 꿈만 같다. 미란 씨를 만나는 날이 다가오고 있다니…!'

연보랏빛 고운 꽃이 피었습니다

6. 다음 날, 이른 새벽이다

선희는 부지런히 동네의 작은 목욕탕에 간다. 이곳은 그녀가 얼마 전까지도 일하던 직장이다. 그녀는 이곳에서 여러 가지의 잡일을 도와주는 사람이었다. '여탕 도우미' 그녀는 이곳에서 목욕탕 청소를 하고, 목욕탕의 바닥을 닦으며, 오시는 손님들의 잔심부름을 하고, 때 미는 아줌마들의 각종 세세한 뒷바라지…. 그리곤 그곳에서 아침, 점심, 저녁을 다 해결한 후, 밤 9시에 퇴근했다. 그런데, 이렇게 성실한 선희를 어느 날! 이유 없이 사장이 해고한 것이다. 그래서 이제 그녀는 떳떳이 돈을 내고, 목욕탕에 들어간다. 누구의 눈치도 보지 않고, 뜨거운 온탕에서 자기 몸을 충분히 불린 후에, 온몸의 때를 '빡빡' 밀고 나서는 1,000원짜리 시원한 음료도 마실 것이다. 한 달에 한 번, 이렇게 목욕하고는, 화장품 가게에서 공짜로 주는 샘플용 화장품으로 푸석푸석한 얼굴에 정성껏 화장을 한다. 그리곤 머리가 많이 빠져서, 이젠 부스스하고 엉성한 머릿결 위에는 목욕탕 선반 위에 비치된, 공짜 스프레이를 뿌려서, 마지막 마무리를 한다.

'아…. 내 몸이 날듯이 가볍다.'

언제 이렇게 화사한 날들이 나에게 있었던가? 이 모든 것이 내 친구, 미란 씨의 덕분이다! 늘 주눅이 들어 있던 내 삶을, 나를 늘 무시하던 이 세상이, 이렇게 멋지게 변신한 나를 향해 환호한다. 그렇다! 나도 그들에게 웃음을 보내며, 오늘의 약속을 자랑하고 싶다. "여러분, 내 친구-미란 씨는요!! M 라디오의 잘나가는 디제이고요. 얼굴도 이쁘고, 멋쟁이고요. 몸에선 좋은 향기가 난답니다. 호호호!"

이런 미란 씨가 날 보고, 환하게 웃으며 내 편이라는 게, 더없이 행복하다. 근 한 달여를 이 시간만을 기다리며, 내내 조바심 내다가, 드디어 그녀를 만나는 것이다.

"아, 여기요. 여기요! 미란 씨~~"
저 멀리서 뛰어오는 선희의 목소리가 다소 긴장하여 떨린다.
"안녕하세요? 미란 씨! 생일을 축하해요!! 제가요. 미란 씨…. 제가, 작은 건데 선물을 준비했어요…."
선희는 목이 메어 말도 제대로 나오질 않는다. 이 선물을 마련하려고, 한 달 내내 발품을 팔았다.

"어머?? 뭘 이런 걸?? 호호~" 선희의 선물을 받아 든, 미란의 목소리가 높고, 맑고, 환하다. 그렇다! 이 웃음을 보려고, 이 목소리를 들으려고, 선희의 한 달이 온전하게 소요된 것이다. 선희는 그녀의 이런 모습을 보고, 그 목소리를 듣는 것만으로도, 충분히 행복하고 즐겁다!
"어머, 스카프네요…! 이쁘네…. 고마워요. 호호호"
"저…. 뭐 좀 시켜야 할 텐데? 뭐 드실래요?"
"호호호, 그냥 점심이니까, 돈가스 정식 시켜요. 양도 많고, 값도 싸고. 호호!"
"네에…. 미안해요! 미란 씨 생일이신데, 좀 더 좋은 데서 사 주지 못해서…."

굳이 그녀에게, '생일'이라고 대접하려는 선희의 목소리가, 저 속으

연보랏빛 고운 꽃이 피었습니다

로 기어들어 간다. 누구도 자신의 생일을 기억하거나, 축하해 준 적도 없는 그녀인데 말이다! 둘이는 '돈가스 정식'을 배부르게 먹고 나왔다. 식사 후에 미란 씨가 커피와 디저트를 산다고 하여, 건너편 카페로 갔다. "저런…." 그곳의 메뉴를 본 선희는 커피와 케이크 한 조각의 값이 돈가스 정식과 맞먹는 돈이라니…? 그녀는 속으로 엄청나게 놀라면서 생크림이 얹힌 고급 커피와 케이크 한 조각을 바라본다. 너무 눈이 부시게 화려한 모양새…. 그것은 세련된 미란 씨에게나 걸맞은 디저트였다. 너무 황송해서, 선희는 그토록 향이 진한 비싼 커피도, 맛나 보이는 케이크도 입 안으로 잘 들어가질 않는다. 미란은 선희가 못 먹고 거의 남긴 커피와 케이크를 직원에게 포장해 달라고 하고, 직원이 건네준 예쁜 봉지에 담아, 제대로 먹지도 못하던 선희에게 건넨다.

이렇게 한 달여를 내내 손꼽아 기다리고 준비한 만남이 끝났다. 방송국 앞이라 아는 사람이 많아서, 미란은 내내 아는 사람들에게 인사하느라 바쁘고, 그런 사람들 틈새에서 선희는 등에 식은땀이 연신 흐른다.

'저런! 오늘 일부러 준비한 내 손수건이 뿌옇네. 얼굴에 바른 싸구려 비비크림 때문에, 화장한 눈도 얼굴도 다 따끔거리는 것 같다…!' 그때였다. 미란이 핸드백 안에서 작은 유리병 하나를 꺼낸다.

"선희 씨! 이거…. 내가 선물 받은 건데, 난 향수가 많아서…. 선희 씨 쓸래요?"

"아이고! 뭘 이런 걸요…. 나한테까지요…." 미란은 작은 향수를 그녀의 손에 쥐여준다. 선희의 손은 긴장감에 땀으로 축축한데, 아…! 그녀는 그것조차도 미안하고, 죄스럽다.

선희가 미란에게 몇 번이고 고개를 숙여 인사를 하고, 다시 집으로 오는 길…. 선희는 처음 향수란 걸 받아 본다. 그 향수병은, 병도 마치 요술 호리병 같고, 상표에는 알지 못하는 영어 글씨와 보랏빛 나비 상표가 붙어있다. 뚜껑을 열어 살짝 냄새를 맡아보니, '아! 그야말로 내가 늘 그리워하던 바로, 봄의 냄새였다!' 이것은 들판의 꽃내음 같기도 하고, 깊은 숲의 내음 같기도 한, 보랏빛 나비의 환상이 느껴진다. 눈물이 슬며시 선희의 눈에 맺히고, 선희는 혼자서 중얼거린다.

'아…. 그래도 여태껏 죽지 않고, 살아서, 내가 이런 호사를 다 누리는구나!' 그녀는 미란 씨로부터 얻은, 이 큰 행복감에 가슴이 터질 것 같다.

7. 선희는 베란다에 나왔다, 이제 5시였다

저녁은 아까 카페에서 남긴 커피와 케이크로, 그리고 라디오에서 흘러나오는 팝송을 들으니, 선희는 자신이 마치 귀부인이라도 된 듯하다. 이제 곧 해가 지리라…! 오늘의 해는 유난히 붉고, 그 언저리는 황금빛으로 아름다웠다.

'아, 그렇다! 이렇게 살아있음이 행복이구나…!' 죽지 못해 안달이었던 자신의 지난날이 떠오르며, 선희는 그때 자신이 죽지 않은 것이 참 다행스럽기도 한 저녁이었다. 그녀는 베란다에서 오래오래, 저 멀리 석양을 한없이 바라보다가 해가 지고 몸이 어슬어슬해져서, 다시 방 안으로 들어

연보랏빛 고운 꽃이 피었습니다

왔다. 선희는 어젯밤부터 이상하게 등이 가려웠다. 등에서 허연 비듬 같은 것이 떨어진다. 어느새, 6시가 되었다. 미란 씨가 라디오 방송에서 밝은 음성으로 청취자들에게 말한다.

"여러분, 안녕하세요? 오늘은 제게 좋은 날이었는데요! 마침 제 친구가, 여러분도 잘 아시는 선희 씨요…! 제 생일 선물로 멋진 분홍색 스카프를 주었어요. 여러분께도 멋진 음악, 들려드릴게요! 들려드리는 이 노래는 잘 아시죠? '분홍스카프'예요."

이 말을 듣는 선희의 눈가엔 이슬 같은 눈물이 맺힌다. 나를 친구라고 불러주는 유일한 사람인 그녀, 미란! 내가 선물한 보잘것없는 스카프가 멋지다고 말해 주는 그녀다.

'아… 나는 오늘 죽어도 좋겠다!'
선희는 가슴이 먹먹해지며, 그런 생각을 한다. 이윽고, 밤이 오고 그녀는 베란다 옆, 조그만 거실의 한 귀퉁이에서 행복한 꿈을 꾸면서 오랜만에 정말 깊은, 그러나 달콤한 잠이 들었다.

8. 며칠 후에 미란 씨가 선희에게 전화했다

"아…. 미…. 미란 씨?? 웬…. 웬일이세요?"
선희는 너무 황송하여, 말을 더듬으며 말한다.

"아…. 선희 씨? 잘 지내고 있죠? 호호!"

그녀의 명랑하고, 늘 환하고 경쾌한 목소리이다.

"다름 아니고, 나…. 선희 씨한테 부탁이 있어요. 며칠 동안, 우리 집에서 일하는 아줌마가 자기 고향엘 가는데요? 마침, 모레 토요일에 남편 생일이 있어서 손님을 초대했거든요? 혹시…? 그 전날 우리 집에 와서, 나좀 도와줄 수 있어요?"

"아…. 그럼요! 물, 물론이죠…! 그럼요, 그럼요!"

선희는 너무 기뻤다. 그녀가 나를 친구로 인정해 주는 것이 아닌가? 미란이 자기 집에서 손님들을 맞을 준비를 하는데, 나에게 도와달라니! 그녀에게 가기로 한 날이 바로 내일이다.

'혹시라도, 미란 씨 집에 오신 손님들이 나를 보게 되면, 부끄럽지 않아야 하는데? 그리고, 미란 씨 남편분께 나름, 작은 선물이라도 해야 하는데?'

오늘따라, 선희는 마음이 조급해진다. 그녀는 얼른 집 앞의 재래시장에 갔다. 선희가 온종일을 발이 아프도록 돌아다녀도, 도대체 그녀의 멋쟁이 남편에게 어울릴 만한 선물은 우리 동네의 시장에는 없었다. 그녀는 낙심하여, 자신의 수중에 있는 단돈 몇만 원이 야속하다. 그때, 선희의 얼굴에 갑자기 환한 빛이 떠오른다! '아, 내가 가진 가장 예쁜 꽃! 내가 숨 쉬는 공간에서 나를 언제나 기쁘게 해주는 꽃, 내 하얀 치자 꽃나무…!'

그 치자꽃의 향이 너무 좋아서, 밤새도록 뿜어내는 그 향이 아까워서, 가까이 가기도 황송스러운 그녀다! 선희는 그 향내에 때론 가슴이 싸아

연보랏빛 고운 꽃이 피었습니다

해지면서, 슬며시 눈물이 나기도 한다. 가끔 그녀의 이웃들이 좋은 차라고 그녀에게 몇 봉지라도 쥐여주는 날이면, 그녀는 홀짝거리며 겨우 반을 마시고, 나머지 반을 그 나무에 양보하는, 그렇게도 사랑하는 나무인 것이다…!

그녀의 사랑을 듬뿍 받고 자란 그 치자꽃 나무는 역시 달랐다. 그 꽃이 얼마나 탐스럽고, 향기가 진하던지 그 나무를 보는 이웃 사람들이 다 칭송하던 아름다운 치자 꽃나무였다.

'아! 그렇다. 그 나무를 선물로 줘야겠다.'

9. 미란의 거실에서 그녀를 바라볼 나무

선희는, 이 생각만으로도 너무 기뻤다. 내심, 가족 같은 그녀의 치자나무에 미안한 마음이 들었지만, 선희는 꽃나무에게, 마치 사람에게 하듯이 말해본다.

"치자야. 내 사랑하는 치자야! 내가 너를 좋은 곳에 시집보낼 일이 있단다. 너를 더 많이 사랑해 줄, 너에게 사랑과 더 좋은 햇빛과 좋은 물을 줄 내 친구-미란 씨에게 너를 보내려고 해! 흑흑흑…."

그녀는 이렇게 어린아이 달래듯이, 치자나무에게 애원해 보지만, 그녀의 눈시울에는 금방 이슬 같은 눈물이 맺히고 만다.

드디어 그다음 날, 아침이 되었다. 선희는 일할 때 입을 옷 한 벌과 그나마 그녀의 가장 좋은 옷을 손님 오실 날 입을 옷으로, 그전 라디오 방송국에서 주최한 시상식 날 입었던 검은색 투피스와 시장에서 산 모조 진주 목걸이와 재활용 센터에서 마련한 깨끗한 앞치마 한 벌을 그녀의 소박한 천 가방에 넣고는, 마치 나를 듯이 가볍게 집을 나선다. 미란의 아파트는, 유명 브랜드의 고급 고층 아파트-그중에서도 가장 위층의 펜트하우스이다. 아파트 내의 멋진 정원이며, 놀이터가 너무 잘 꾸며져 있고, 그 안에는 멋진 분수도 있다. 경비 아저씨에게 떠듬떠듬 미란 씨 집 주소를 말하니, 얼른 현관문을 열어준다. 그리고 그는 도무지 그 고급 아파트와는 어울리지 않는 그녀를, 위아래로 거슴츠레한 눈으로 쭈욱 훑어본다.

"딩동~딩동~!" 저 아파트 안의 모니터로 미란이 선희를 보고는, 현관문

연보랏빛 고운 꽃이 피었습니다

이 덜컥 열린다.

"어머, 어서 와요! 선희 씨, 오느라, 수고했죠? 고마워요…!"

나의 미란 씨가 화사하게 웃음을 짓는다. 아…. 꽃과 같은 그녀다! 그녀의 몸에서는 내가 알지 못하는 좋은 꽃향기가 난다.

"에구…. 내, 내가 뭔 도움이라도 될지…." 선희는 어젯밤 내내, 곱게 한지를 오려 정성껏 포장한 치자꽃 화분을 머쓱하게 그녀에게 내민다.

"뭐. 뭐가 필. 필요로 할지 몰라서…. 내가 작은 선물을…."

"어머, 손님들이 꽃바구니도 많이 선물로 사 올 것 같아서, 내가 따로 꽃도 준비를 안 했는데…. 호호, 고마워요! 선희 씨."

대리석으로 반질반질한 그녀의 화려한 부엌을 둘러보니, 그녀가 어제 시장을 본 물건들이며, 음식들이 부엌에 가득하다. 생전 처음 보는 물건들, 화려한 식탁보며, 그릇들, 그리고 생일파티에 쓸 물건들이 부엌의 빈 곳마다 가득가득하다.

'원!! 세상에…. 세상에나…!' 이것을 본 선희의 눈이 휘둥그레진다. 이런 세상이 있구나! 그녀는 부지런히 시장 본 물건을 정리하고, 음식을 만들 산더미같이 쌓인 재료들을 정리한다. 그녀는 미란의 식성을 잘 알기에 큰 문제가 없이 그녀가 지시한 음식을 만들기 위해 정말 최선을 다한다.

'아! 나의 과거 파출부 생활이 지금에서야 도움이 될 줄은…'

그녀는 파출부로 처음 일하며 서툴렀던 자신에게 잔소리했던 집 주인 여자들이 그때는 몹시 서러웠지만, 지금 와 보니 새삼 고맙기조차 하다.

"어머…. 선희 씨, 일도 참 잘한다! 음식도 정리도…. 호호호!"

미란 씨의 긴 웃음, 그것은 그녀가 몹시 흡족하다는 증거이다.

10. 선희는 정말 1분도 쉬지 않고 일한다

선희는 마치 일하기 위해 태어난 사람처럼 그녀의 손놀림은 빠르고 또한 정확했다. '나의 미란 씨에게 도움이 된다면, 나는 기계가 되어도 좋으리라….'

저녁이 되어 미란의 남편분이 오시고, 미란이 선희를 간단히 소개한다.

"자기야. 아줌마 대신에 나랑 방송국 일로 친해진 친구를 불렀어. 선희 씨야…." "아. 반갑습니다."

금테 안경을 쓰고 검은 옷을 입은, 왠지 속내를 알 수 없는 한 사내가 눈도 돌리지 않은 채로, 형식적으로 인사를 한다! 그런데, 그의 옷에서 담배 냄새와 술 냄새, 그리고 알 수 없는 이상한 향기가 섞여 있었다.

'어? 이건 미란 씨의 향수가 아닌데?' 선희는 사실, 냄새에 몹시 예민하다. 좀 천박하면서도, 속을 메슥거리게 하는 향기, 아니 그것은 차라리 냄새라 해야 옳을 것이다. 이상하다! 그에게서 나는 그 냄새가, 왠지 불안한 마음이 드는 것은 왜일까?

선희는 혹시라도 미란에게 불행한 일이 닥쳐올까? 왠지 조마조마한 마음이 든다. 그녀만은…. 그녀만은 이 모든 세상살이에서 행복한 일만 계속되기를 바라고, 바라는 마음이다. 긴 저녁 식사 시간을 맞추고, 그녀는 미란의 손님방에 안내되었다. 그 방에는 하얀 침대, 작은 옷장과 화장대, 그 옆에는 전용 화장실이 있다. 선희는 생전 처음 안내된 그 방이 너무 아름다워서 '와!! 이 모든 호사가 자신을 위한 것이라니…?' 믿어지지 않는

연보랏빛 고운 꽃이 피었습니다

다. 이런 호사가 눈물겨워서, 금방 눈시울이 붉어지는 그녀다!

미란 씨는 낮에 못다 한 방송국 녹음이 있다고 하며, 밤에 잠시 나간다고 하였다. 선희는 자신의 방에서 간단히 샤워하고, 준비해 온 제일 좋은 잠옷을 입고 깨끗한 잠자리에 들었다. 온종일 정말 정신없이 일한 탓인지, 그녀는 곧 깊은 잠에 빠져들었다. 깊은 잠을 자는데, 무슨 꿈을 꾸는가? 선희는 길을 잃고, 깊은 숲속을 헤맨다. 이곳은 어딘지도 모를 깊은 숲속의 깊은 밤이다. 아…! 저 멀리에서 무슨 소리가 난다. 선희는 무섭지도 않은지, 그곳을 향해 발걸음을 내디딘다.

아…! 이상하다! 갑자기 호수가 보이고 저 멀리에 작은 배가 묶여 있는데, 선희는 홀로 배에 오른다. 이상하게도 그녀는 이 밤이 무섭지도, 그것이 어디로 가는지 궁금하지도 않았다. 이윽고 그 배가 도착한 곳은 어느 외딴곳에 있는 작은 오두막이다. 선희는 조심스레 그 문을 열어보니…
아! 이것이 누구인가? 꿈속에서도 그리웠던 그 남자다! 그녀의 모든 것을
다 앗아간 그 남자! 그런데도 그 남자를 아직 잊지 못하는 선희다.

그 남자가 그녀를 향해 슬픈 얼굴로 말한다. "미안하다, 미안해! 사랑
하는 선희야…! 너를 잊지 못해 나도 마음이 아팠어. 너에게서 가져간 그
돈으로 사업을 해서 성공하고, 다시 너에게 나타나 너를 행복하게 해주려
했는데… 흑흑! 나는 내가 가진 모든 것을 다 잃었다. 아마도 천벌을 받은
건가 봐…! 미안하다, 미안해. 부디 나를 용서해 줘…!"

선희는 그 남자의 슬픈 얼굴을 안아주며, 같이 펑펑 울었다. 떠나간 그
사람이 너무 그리워서, 그와의 사랑이 너무도 간절해서, 몸부림을 치며 통
곡했다! 그 남자를 위해 모든 것을 다 주었고, 그래도 부족한 듯하여, 늘
전전긍긍하던 그녀였는데, 어느 날! 그 남자가 사라진 것이다. 그것도 그
녀가 20년간 목욕탕에서, 남의 집에서, 눈칫밥을 먹으면서 번 돈, 자기 자
신을 위해서는 단돈 천 원 한 푼을 아끼며 모아 놓은 돈, 그 남자와 결혼하
게 된다면 작은 집이라도 마련하려고 모아 놓은 그 피·땀 어린 은행 통장
과 현금, 그리고 유일한 그녀의 금붙이인, 금반지 하나까지도 다 훔쳐서
잠적해 버린 것이다.

그 돈이 아까워서가 아니라, 도대체 그 남자가 왜 그랬는지, 자신에게
사실대로 말했다면 그 모든 것을 다 주었을 텐데…! 선희는 실로 궁금한
마음이었다. 그 남자를 원망할 마음조차 잊은 채, 그녀는 그 남자를 걱정
하고, 또 염려하였다. 때로는 그 남자가 다시 자신을 찾아오는 꿈을 여러

　　　　　　　　　　　　　　　　연보랏빛 고운 꽃이 피었습니다

번 꾸기도 하였다. 선희가 긴 잠에서 깨어나 보니, 자신의 베개가 눈물로 젖어 있고, 침대 위의 깔개가 땀으로 흥건한 것을 보았다. 그녀는 새벽에 일어나 손으로 베갯잇과 침대 깔개를 깨끗이 빨아 놓고는, 자신을 걱정할 미란 씨를 위해, 아무렇지 않은 듯 머리를 질끈 묶고, 그녀의 아침을 만들려고, 부지런히 부엌으로 간다.

'저는 아침에는 토스트와 달걀부침, 햄 한 조각, 그러고는 여러 종류의 과일들과 요플레, 그리고 커피 한 잔을 마신다'라고 미란이 방송에서 말한 적이 있었다. 미란이 원하는 맛난 아침을 차리고 나서, 선희는 다시 어제 중단한 일을 시작한다. 어젯밤 꿈에 어찌나 울면서, 발버둥을 쳤던지, 온몸이 다 뻐근하고 묵직하다. 그러나, 그녀는 자기 몸을 돌볼 겨를이 없다. 미란과 그 남자가 안방에서 나와, 내가 차린 아침을 맛나게 먹는다.

"어머! 선희 씨…. 너무 맛나다…. 호호! 내 입맛에 어쩜 이리도 딱 맞아!" 미란의 목소리가 높고, 맑게 부엌을 울린다.

그 옆에서 미란의 남편도 한마디 한다.

"어, 감사합니다, 잘 먹었어요!"

"아, 네!"

선희는 다소 무표정한 음성으로 간단히 말하고는, 다시 제 일에 몰두한다. 오직 그녀는 미란의 부탁으로 온 자신의 처지를 생각하고, 또 생각했다. 나는 오늘 미란 씨의 부탁으로 일하러 온 사람이다! 잊지 말자! 나는 그녀의 부탁으로 온 사람이다!

11. 드디어 12시에 맞춰 모든 준비가 끝났다

선희는 얼른 방에 들어가서 자신이 준비해 온 소박한 투피스를 입고, 나름 신경을 써서 준비한 진주 목걸이와 머플러를 매고 나왔다. 자신을 발견한 미란 씨가 상냥하게 말한다!

"아, 선희 씨…. 어제, 오늘, 수고 많이 했어요. 그동안 일하던 아줌마들보다 봉투에 좀 더 많이 넣었어요. 인제 가 보세요. 곧 초대한 손님들이 올 것 같네요!"

"아…? 네에…! 미란 씨! 그런데 저한테 무슨 수고비를요…?"

선희는 자신의 수고를, 파출부 아줌마의 수고비로 쳐 주는 미란 씨가 너무 야속하다. 그리고 전혀 격에도 맞지 않는 자신의 우스꽝스러운 옷차림도 너무 무안하여, 눈물이 핑 돈다. 얼른 자기의 가방을 챙겨서, 미란네 현관문을 나서는 선희다.

"고마워요! 선희 씨! 내가 종종 불러도 되죠? 우리 선희 씨, 정말 너무 일을 잘하더라! 하하"

"아…. 네에…. 미란 씨, 고. 고마워요! 그럼, 그럼 안녕히 계세요!!"

'나의 이런 구질구질한 모습을 저 한편 거실에서 보았을, 사랑하는 내 치자 꽃나무야…! 정말 너에게 미안하다. 나도, 나도 섭섭한 일들을 잊으마! 최선을 다해 잊고, 네가 간 그 집에서 너만이라도 행복하길 빌어줄게…!'

미란의 높고 화려한 고층 아파트를 급히 빠져나오는 선희의 뒷모습은,

연보랏빛 고운 꽃이 피었습니다

마치 시장에서 산 싸구려 구두처럼 뒤뚱거린다. 아마 구두 양쪽의 굽 높이가 좀 다른 모양이다. 그녀의 눈앞이 흐리다. 그녀를 둘러싼 온 세상이 뿌옇고, 마치 지진이라도 난 것처럼 이 세상이 위아래로, 옆으로 흔들린다. 그녀는 휘청거리며, 겨우 자신의 작은 빌라로 돌아왔다! 선희는 미란에게 자신의 존재가 어떤지를, 다시 새삼스럽게 깨닫게 되는 순간이었다. 미란의 아파트에서 계속 참았던 눈물이 그녀의 두 눈에서 '줄줄~' 빗물이 되어 흐른다.

12. 5월의 바람이 이렇게 아프다니…!

선희는 미란네 집에 다녀온 이후, 온몸의 뼈마디, 마디가 아프다. 더 아픈 것은 그녀의 말 못 하는 속내였으리라…! 그날 저녁, 그녀는 지친 몸을 이끌고 겨우 집에 왔다. 그러나 사랑하던 치자 꽃나무가 없는, 텅 빈 마루 한 편을 보는 마음이 그렇게 아플 수가 없다. 치자 꽃나무가 있던 그 거실의 한구석에 자리를 깔고 누웠다. 그녀의 두 눈에서는 눈물이 비처럼 줄줄 흘러내리고, 허리와 팔다리가 쑤셔 온다. 온몸이 자면서도, 마치 매라도 맞은 듯이 아프고, 그녀의 가슴은 극심한 통증으로 쪼그라들 듯이 아파져 온다.

다시 아침이 되었다. 어제 좀 춥게 잔 탓인지 온몸이 굳은 듯이 생각되었다. 그녀의 손가락도 뻣뻣하고, 발목도 굳었다. 밤새 울었던 눈도 무거워 잘 떠지지 않는다. 선희가 일어나서 온몸의 기지개를 켜려는데, "뚝~"

하는 소리가 들린다. 선희의 두 손을 보니, 이상한 반점이 두 손에 가득하다. 그녀의 등과 가슴엔 반점이 아닌, 푸르스름한 이끼가 보인다.

'저런⋯. 이것은 베란다에서 이끼가 옮은 것인가? 이끼가 사람에게도 옮는 것인지⋯?' 그녀는 놀라서 그 자리에서 일어나지 못하고, 몇 시간을 그대로 방바닥에 누워있다.

'아⋯. 누군가에게 전화라도⋯. 이 시간, 미란 씨는 바쁠 텐데⋯. 헉, 헉⋯.'

그녀는 전화기를 잡으려고, 작은 손을 뻗으려 하지만, 움직여지지 않는다. 도대체 발도 들 수가 없다. '내가 아직도 꿈속인가? 그렇다면, 그렇다면, 내가 나무가 되려는 것인가?' 선희는 마루에 펴있는 이부자리 위에 누워, 몽롱한 상태로 생각해 본다.

선희는 한때 '나도 나무가 되었으면⋯!' 하고 바란 적이 있었다. 그녀의 일생에 단 한 번 깊이 사랑하는 사람이 있었다. 그녀의 온 영혼을 바쳐, 그렇게 사랑했건만, 그런 사람이 그녀에게서 점점 멀어지려 할 때, 선희는 그에게 다가서기 위해 무던히도 노력하였다. 차라리 나무라도 되어 그의 곁을 지키고 싶었었다. 그는 그녀에게 늘 이렇게 말하곤 했다.

"선희야! 너는 나의 아름다운 그늘이야. 나는 그 나무 그늘에서 쉼을 얻고, 너의 나뭇가지에서는 늘 아름다운 꽃들이 피고, 푸르른 잎새들이 돋아나고, 동네의 어린아이들이 다가와 숨바꼭질 놀이도 하고, 너의 꽃들이 온 천지에 피어나고, 온갖 새들이 날아와서, 즐겁게 지저귀는 나무지. '무궁

연보랏빛 고운 꽃이 피었습니다

화꽃이 피었습니다' 놀이도 하는 그런 다정한 나무야…!"

선희에게 어려운 일이 있거나, 그가 그녀를 섭섭하게 해서, 그녀의 마음이 상처받았을 때, 늘 그는 그런 달콤한 말로 그녀를 위로하였고, 그러면 그 모든 섭섭한 마음이 눈 녹듯이 싹 사라지곤 하였었다! 그만큼 그는 온갖 달콤한 말로 그녀를 위로하고, 그 대가로 그녀에게 늘 많은 것들을 요구하던 사람이었다. "선희야! 너는 내 곁에서 늘 그런 나무로 있어 줘…."

그를 위해 선희는 정말 숨 쉬는 모든 순간순간, 최선을 다했었다. 그런 그가, 그녀의 모든 것을 다 가지고 도망가기 며칠 전, 그녀에게 했던 마지막 말!
"너는…. 너는 정말 사람을 질리게 한다. 마치 나무처럼, 그렇게 내 곁에서 그렇게 지겹게 붙어있으면, 나는 어쩌란 말이야? 나도 너처럼, 너의 곁에서, 붙박이 나무가 되라는 그런 말이야?" 그의 모진 말이 선희의 가슴을 후비듯 박히었다. 그러나 그녀는 그런 그를 미워할 수가 없었다. 오죽하면, 그와 헤어진 다음에도 꿈에서 그녀는 자주 '푸르른 나무'이거나, '아름다운 꽃'이거나 했었다.

'아…. 꿈이로구나. 내가 꿈에서 나무가 되었구나!'

이제 눈뜨기도 힘들어진 선희는 다시 눈을 감는다.

'이게 꿈이라면…. 아!! 꿈에서 깨어나야지….' 그녀는 마지막 힘을 다

해 소리를 질러본다.

"끼익…. 크크크윽…. 컥컥…!!!"

그것은 이미 사람의 소리가 아니었다! 선희는 있는 힘을 다해 목을 돌려 보려 하지만, 그녀의 가냘픈 목은 이미 단단히 굳어져 있다.

'아…! 누가 나를 좀… 제발…!'

그렇게 하루해가, 저 멀리에서 아득히 저물어 가는가 보았다.
바깥에선 해가 서서히 빛을 잃어가는지, 사방이 어둑어둑하다.
검은 어둠이 내리고, 선희는 마루 한구석에서 소리 없는 울음을 겨우겨우 삼키고 있다!

다시 새벽이 되었나? 그다음 날인가? 저 창문에서 붉은 햇살이 방 안으로 비치기 시작한다.

다시 서쪽에서 해가 지는가?

아침이 되었다. 바깥에선 사람들의 소리가 분주하게 들려온다.

연보랏빛 고운 꽃이 피었습니다

점심에는 누군가 "딩동…." 하며 벨을 누른다. 선희는 뭔가 말을 하려 하지만, 이제 그녀의 몸도, 입술도 움직여지지 않는다.

다시 저녁이 되었나? 다시 저 창문 밖에서는 해가 지려고 한다.

'아! 나는 누구인가?' 이제 선희의 의식이 몽롱하다.

그러다가 다시 깊은 밤이 찾아왔다. 선희는 자신의 옆에 있는 나무들에게 마지막 힘을 다해 나직이 인사해 본다.

"얘들아. 안녕? 나야…. 선희, 선희야…. 너희들도 목이 마르지? 미안해, 미안해! 나도 몹시 목이…. 목이 마르구나…."

13. 그렇게 근 1달여가 지나고 나서…

그 집에 사는 선희 씨가 통 연락이 되지 않는다는, 미란 씨의 연락을 받고 이상히 여긴 경비 아저씨가 선희네 빌라의 작은 문을 강제로 열고 들어왔을 때, 그 집에 선희는 없었다. 아니, 사람의 흔적은 전혀 없이, 작은 베란다의 나무들은 거의 말라 죽기 직전이었다. 그런데 작은 거실 마루 한편에 수수한 이부자리가 그대로 놓여 있었고, 생뚱맞게도 그 이부자리 위에는 오래된 고목이 바짝 말라서, 군데군데 이끼가 낀 채로 곱게 눕혀져 있었다.

"아, 참 이상하기도 하지…!"
"무슨 인형이 저렇게 사람 같으냐?"

그곳에 서 있던 모든 사람이 제각기, 자기 옆의 사람에게 한마디씩 말하였다. 그것은 오래된 고목을 깎아서 곱게 만든, 사람만 한 크기의 '큰 인형' 같은 모습이었다.

연보랏빛 고운 꽃이 피었습니다

(용인시, 기흥구에 있는 '하이드팍' 내부의 실내 정원에서 찍어본 것이다.)

가련한 선희 씨의 사소한 소망

내 사랑하는 미령아! (1편)

프롤로그

아, 가을이다.

눈부신 가을 햇살이, 뜰 담벼락에 꽃처럼 피어난
붉은 담쟁이며, 노랑 국화꽃을 환하게 비추고….
거리에는 꽃처럼 아름다운 낙엽들이 나뒹구는데
갑자기 미령은 무슨 이야기든지 해 보고 싶다.

자신이 살아온 얘기들을 가슴속 응어리진 것들을 다
드러내 보여주고, 누군가에게 작은 위로라도 받고 싶고
"잘했다. 잘 살아왔다~"라는 지나가는 칭찬 한마디라도
듣고 싶은 것일까? 그녀는 자기 모습을 가만히 내려다본다.
흰 무명의 투박한 질감, 거기에 푸른 줄무늬, 마치 죄수복 같은 병원 환
자복이다.

미령은 이제 항암을 마치고 극도로 초췌해진 자기 모습이 보기 싫어서,
이미 거울을 보지 않은지 오래다. 매주 들리던 딸들도 이번 주엔 오지 말

라고 간곡히 만류하고, 그녀 스스로 항암치료를 받고 목에 넘어가지 않는 흰죽을 입에 꾸역꾸역 집어넣고는 결국 토악질하고 만다. '그나마, 딸들이 밖에서 사 온 죽은 먹을 만했는데….'

그녀는 멍하니 혼자 생각해 본다. "오지 말라고, 나는 괜찮다고, 오히려 귀찮다."라면서 그렇게 성화했지만, 오늘따라 미령은 눈물겨운 딸들이 그립다. 직장 생활에 엄마 간호에 지친 딸들의 모습을 보는 것이 싫어, 그렇게 맘에 없는 모진 소리를 한 것이다. 오늘따라, 유난히 눈부신 가을 햇살이 괜히 눈물샘을 자극하나 보다. 그녀 눈가에 알 수 없는 눈물이 줄줄 흐른다. 이 가을에 떨어진 낙엽을 보는 것도, 저 밑바닥에서부터 가슴이 저민 듯이 아려오고, 이제 곧 겨울이 되어 흰 눈을 보게 될 텐데, 그녀는 그것조차도 눈물겨울 것 같다.

'아…. 무슨 말로 나의 이야기를 시작할까?'

미령은 뒤돌아 자기 삶을 생각해 보니, 너무 가슴 아프고, 피멍 든 그 시절의 이야기라, 선뜻 누구에게 말하기도 겁이 나는 것이다.

1. 그 노란 대문 집

그렇다! 언뜻 뒤돌아보니, 그래도 어릴 적에 노랑과 분홍이 가득한 추억이 있는 것이 떠오르는 것을 보니, 우리는 그 시절, 그나마 행복했었나 보다. 후줄근한 병원복을 입은 내 입가에 희미한 미소가 번진다. 우리가 어릴 적에는 그나마 좀 평범하게 살았었던지, 우리가 살았던 동네는 달동네였지만, 빨간 덩굴 들장미가 활짝 피어 담장과 대문께에 곱게 늘어져 있던, 노란 대문이 있는 벽돌집에 살았었다. 아직도, 허기진 내 꿈속에서 대문을 열고 들어가, 엄마가 해주시던 잔치국수며 부침개며 정신없이 먹곤 하던 그 노란 대문 집! 가만히 그때를 기억해 보면, 주로 촌스러운 파란색, 주황색이 대부분이었던 그 시절에 엄마는 노란색 페인트를 구해 와서 손수 칠하셨다. 그래서, 그 동네에서 우리 집은 '노란 대문 집' 혹은 '공부 잘하는 미령이네' 집으로 불렸었다.

엄마는 노랑 개나리며, 분홍 철쭉이 가득했던 집 앞뜰에서 고소한 녹두 부침개며, 부추나 애호박을 잘게 채 썰어 고추 넣은 부침개며, 묵은김치 지짐이 등을 그 마당 한 편의 큰 화덕 불 위에서 지글지글 노랗게 구우셨고, 마른국수는 노란 알루미늄 큰 냄비로 하나 가득 삶고, 진한 국물이 푹 우러난 노란 멸칫국물에 노랗고, 하얀 계란지단과 맛난 양념장을 얹은 잔치국수는 그 골목을 지나던 동네 사람 모두의 요깃거리가 되었었다.

'미령 엄마…' 우리 엄마는 큰딸의 이름으로 자신이 불리기 좋아하셨다. 그 골목길에서 내가 제일 예쁘고, 똑똑하다고 믿으신 우리 엄마는 내가 그녀의 큰 자랑이었으며, 유일한 삶의 훈장이기도 했기 때문이다. 어머니는 온종일 피곤한 몸을 이끌고, 노란 대문을 열고 집에 오셔서는 내 100점 받은 시험지며 우등상장들을 보시는 게, 큰 낙이셨다. 내가 받은 100점짜리 시험지에는 노랑 색연필로 큰 별을 그려 주셨고, 내가 받은 글짓기나 수학 경시대회, 미술 대회 상장은 우리 엄마의 유일한 자개경대

연보랏빛 고운 꽃이 피었습니다

위에 자랑스레 나란히 붙었고, 힘겹게 하루를 시작하시며 고된 일 나가
실 적마다, 내가 받아 온 이 상장들을 보면서 나가셨다. 이런 엄마의 뒷모
습을 보면서, 나는 다시 한번 굳게 다짐한다. "나중에 꼭 호강시켜 드릴게
요! 조금만 더 고생하세요. 엄마…!"

　내 어머니께는 내가 유일한 삶의 보람이며 행복이었음을, 어린 나도 고
스란히 느낄 수 있었다. 노랑 대문과 노랑 색연필로 그린, 수없이 많은 별
은 어머니의 간절한 희망의 끈이었음을, 나는 나중에야 알게 되었다. 나
는 학교에서는 주로 반장, 부반장이었고, 과외공부 하나도 없이 시험지는
거의 90점 이상 받았었고, 글도 제법 잘 쓰고, 그림도 잘 그렸던 나에게 엄
마는 많은 기대를 하셨다. 어릴 적부터 남달리 조숙해서 아래 두 남동생
도 잘 거느리고 어디서나 귀염을 받던 나는 어른들의 기쁨이 되기 위해
늘 노력하였고, 맡은 일을 잘하려고 무던히 애를 쓰던, 그 당시 누구나가
짐작할 수 있는 가난한 집안의 맏딸이었고, 착한 효녀였으며, 가진 것 없
는 집안의 든든한 맏이였다.

　나는 매일 학교에서 시험을 보거나, 경시대회에 나가는 것이 좋았다.
거기서 상을 받아 어머니의 기쁜 얼굴을 보는 것이 내가 할 수 있는 유일
한 효도였기 때문이다. 나는 이런 내 운명에 불평 한마디 없이 그저 열심
히 최선을 다해 살았다. 그렇게 살면, 언젠가는 그 보답이 오리라고 누누
이 당부하신 엄마의 말씀에 나는 추호의 의심도 없던, 가난한 맏이로서의
'서글픈 믿음'이 있었기 때문이었다.

2. 억새의 슬픈 노래

돈이 없는 집안의 맏이였지만 그래도 학교에서 반장! 철마다 그림대회며, 글짓기 대회에서의 많은 상장···. 다 무슨 소용이랴마는, 그것들이 유일하게 나의 자존심을 세워주는 훈장 같은 거였다. 늦가을이 되어 철새들이 저 멀리 날아가면, 그 아래 거친 길가에나 밭고랑 옆에서 불평도 없이 갈바람에 흔들리며, 마치 노래하는 것처럼 보이던 억새들··· 눈이 시리도록 파란 가을 하늘 아래, 제멋대로 몸을 흔들거리며 노래하던 억새의 슬픈 모양이 마치 내 신세 같아서 나도 모르게 그 옆에서 눈물을 흘렸던 적도 많았다. 완고하시고, 게다가 매우 가부장적이셨던 내 아버지는 늘 내가 잘난 것이 못마땅하셨다.

"딸이 잘나면 그 아래 남동생들의 기를 다 빨아먹어서, 그 남동생들이 빛을 못 본다."라는 친지 결혼식에서 만난, 집안 완고한 어른들의 되지 않은 걱정을 듣고 나고부터였다. 그것이 이 어려운 가정에서 빛이 나던 큰딸에 대한 친지들의 부러움이 섞인 질시였음을, 고지식하던 내 아버지는 알지 못하셨다. 안 그래도, 착하기만 하던 내 두 남동생은 너무나 평범해서 늘 나와 비교되곤 했었다. 늘 나만 감싸고돌던 어머니, 그리고 남동생들만 위해 주던 아버지···.

두 분의 문제는 늘 우리 가족들의 갈등이었고, 술이라도 한잔하시면, 늘 아버지는 동네 입구에서부터 소리를 고래고래 지르시며, 엄마에게 온갖 못마땅한 야단을 하셨다. "당신이 그렇게 저 딸을 끼고돌아 내 아들들이 기를 못 편다~"라는 게, 두 분의 주된 싸움의 원인이었다. 아마 기 못 펴고 사는 이 현실에 대해 갑갑함과 불만이 술김에 쏟아져 나온 것이 겠지….

  겨우 머리로는 그런 아버지의 상황을 이해했지만, 나는 그런 아버지가 한없이 부끄러웠다. 울 어머니도 이전 학창 시절엔 꽤 똑똑하셔서, 그 당시 중학교에서 공부로는 손에 꼽히던 사람이었지만, 위의 큰 외삼촌, 아래 두 남동생과 두 여동생의 뒷바라지로, 결국 고교 진학을 못 하시고, 근처 공장으로, 가게 점원으로 일만 하시며 희생하시던 것이 큰 한이셨다.

  "미령아, 너는 공부하거라. 이젠 여자도 배워야 해…! 그래야, 그래야 나처럼 무시당하지 않고, 남편한테 큰소리치고 산다…!"

  아버지의 구박과 원망에도 아무 말씀도 못 하시던 어머니는 부엌에서 눈물을 훔치시며, 늘 내게 애타는 당부를 하셨는데, 그것은 못다 한 공부 와 미처 피지도 못하고 져버린 자신의 꿈에 대한 어머니의 피맺힌 탄식이 었다. 내 아버지는 시골에서 작게 농사를 지으시던 할아버지 밑에서 그나 마 시골에선 꽤 똑똑하다는 말을 듣고 자란 집안의 맏이셨다. 시골 작은 동네에서 집안의 큰 기대를 받고 자라셨지만, 결국 부모님이 바라시던 판, 검사나 의사는 못 하시고, 구청의 말단 공무원으로 겨우 생활하셨다. 그 쥐꼬리 같은 월급에서 그나마, 시골 부모님의 용돈과 동생들의 대, 소사에 돈을 부치고 나면, 늘 엄마는 부족한 돈을 메꾸러 여기저기 돈 꾸러 다니 느라, 늘 그분들께 허리를 굽히고 사셨고 아침부터 여기저기 다니시며, 온 갖 궂은 허드렛일을 하시곤 했다. 그나마 다행인지, 불행인지…. 우리 어 머니는 음식 솜씨가 좋으셔서, 근처의 식당이나 잔칫집에 불려 다니시곤 했다. 자신의 이름으로 작은 음식점이라도 내고자 하셨지만, 여건이 되질 않아 다른 집에 일만 죽도록 해주시던 내 어머니…! 그 거친 손등과 굵어진 손마디를 보면서 나는 우리 엄마를 호강시켜 드리고 싶어서, '어서 내가 커서, 하루빨리 어른이 되었으면…' 싶었다. 그래서 엄마만 모시고 지옥 같았던, 가난한 이 집을 나가서 엄마와 둘이서만 멋지게 한번 살고 싶었다.

그러나 이런 환경에서도 늘 '희망'이라는 두 글자를 가슴에 안고 사신 어머니셨다. 달동네에서도 집의 옥상에 올라 장독대 옆에서 하늘의 별을 보며, 내게 노래를 불러주시고 낮에는 마당에 갖가지 아름다운 꽃들을 가득 심으신 어머니…. 조금의 목돈이 생기면 맛난 음식을 하셔서, 동네 사람들에게 베푸시던 내 어머니…. 그 어머니의 희생으로, 그리고 눈물겨운 뒷바라지로 자신의 유일한 희망인 자식들의 성공에 모든 것을 거신 어머니! 삶이란 이렇게도 모질게 우리를 벼랑 끝으로 내몰아서, 결국 이 소소한 행복과 일상의 평온마저 사라지는가…!

이 세상 물정도 잘 모르시는 고지식한 아버지가 결국은 돈 사고를 치셨다. 공무원으로 일하던 옆자리의 사람을 아무런 의심 없이 믿고, 이자를 잘 쳐 준다는 말만 듣고서 우리 가족이 가진 모든 걸 거기에 거셨다. 아버지가 같이 근무하던 구청 직장 동료에게 우리 집 돈 전부와 그 사람의 사업 보증을 서게 되고, 사기꾼 같았던 그의 사업이 망하자, 그 사람은 빚을 갚지 않고 야간에 도주하면서, 우리는 졸지에 큰 빚더미에 올라앉게 되었다.

연보랏빛 고운 꽃이 피었습니다

결국, 우리는 그나마 우리에게 남아 있던 방 3개짜리 '노란 대문 집'에서 도망을 나오게 되었다. 이불 보따리와 급한 대로 옷가지와 공부할 책을 주섬주섬 챙겨서, 한밤중에 급히 도망을 나오게 되면서부터 우리 가족은, 특히 나는 험난한 인생의 고생길에 접어들게 되었다. 그 고생과 눈물의 시간을 어찌 다 말하랴! 나의 삶은 진흙 구덩이에 뿌리를 박은 억새처럼 살아온 시간이었다. 억새가 바람에 흔들리며 노래하듯이 보였던 것은 바로, 길가에서 모진 비와 거센 바람에 시달리던 '억새의 긴 한숨과 통곡' 이었음을….

3. 과연 저 달은 누구의 편인가?

우리 가족은 한밤중에 급히 도망 나와서, 저 달동네의 저 꼭대기에 부엌만 하나 딸린, 작은 방 두 칸 집에 살게 되었고, 아버지는 돈을 빌려준 직장 동료를 찾는다며, 직장을 마치면 미친 사람처럼 거리를 쏘다니셨다. 그리곤 아무런 소득 없이 하루를 탕진하시고는 집에 돌아오시면, 늘 술에 절어 고함을 고래고래 지르시고, 어머니와 싸우시고는 괜한 트집에, 동네 분들과 싸움도 잦았다.

'평소에 유순하시고, 사람들의 이목에 그렇게 신경 쓰시던 분인데 돈고생이 저리도 사람을 망가뜨리는가! 원, 세상에….'

아버지의 이런 술주정을 보고 있노라면, 생지옥이 따로 없었다. 어머니는 매일 식당에 나가시고, 나는 일 나가신 어머니를 대신해 매일 밥을 짓고, 빨래를 하고 내 공부를 얼른 마친 후에 두 남동생의 공부와 가족들의 늦은 저녁 식사를 준비하였다. 당연히 공부 성적이 떨어지고, 나는 삶의 목적마저 잃은 채 매일매일 전쟁 같은 삶을 살아내고 있었다.

아… 그때를 생각하면, 아직도 등에 식은땀이 흐른다. 그나마, 어머니의 피눈물 나는 고생이, 그 눈물과 기도가 나를 이만큼 살도록 버팀목이 되어 주었다. 삶을 포기하고 싶은 순간에도 내 어머니의 눈물이 생각나서, 차마 그렇게 할 수가 없었다. 달동네에서 유난히 크고, 환하게 보이는 저 달…. 내 어머니가 그렇게 바라보며 소원을 빌고, 나와 함께 노래를 불렀던 저 달…. 이 달동네에서 그래도 저 달은 모두에게 공평하다는 듯이, 환하게 그 빛을 비추어 주었다. 이렇게 삶이 힘들고 사람들에게 시달릴 때, 나는 눈물을 흘리며, 저 환한 달님에게 묻고, 또 물었다.

"달아, 달아…. 너는 과연 누구의 편이길래…! 왜 그 높은 곳에서 웃으며, 우리를 가만히 바라보기만 하느냐?"라고….

내 항의와 눈물의 호소에도 저 밝은 달은 아무 말 없이, 나를 안쓰럽다는 듯이 가만히 비추어 주기만 하였다. 그 달빛은 그 높은 하늘에 매달려 환하게 빛을 내면서, 눈물 어린 내 호소를 들었을까? 그러나 그렇게 죽도록 노력하며, 하루하루 살다 보니. 그래도 그동안 해 놓은 공부 덕분에 나는 장학금으로 서울의 좋은 여자 대학에 들어가게 되고, 내 학비며, 집안의 생활비를 벌기 위해 대학생이 된 후에도 나는 한순간도 쉴 틈이 없었다. 특히 우리 대학은 온통 사치스러운 분위기, 공부하는 책과 서점은 온

데간데없고, 눈을 즐겁게 하는 온갖 양장점과 보석 가게, 입을 즐겁게 하는 커피점과 미용실만이 가득하던 그 거리….

대학생이라면, 누구나가 멋을 부리던 그 대학 시절에 나는 흰 블라우스와 검은 치마, 그리고 바지, 그리고 청바지와 몇 개의 티셔츠로 버텼다. 대학교 수업이 끝나면, 나는 과외 해주러 동네의 학생들 집으로 달려갔다. 그전 우리가 살던, 그 동네의 아줌마 댁에서 그나마, 명문 대학에 들어간 나를, 그 집 아이 둘을 공부시키는 조건으로, 전 과목 과외 선생이 되었고, 주말에는 그 동네의 마트에서 아르바이트를 하였다. 그 아르바이트가 좋은 것은 때를 놓친 과일이며, 시간 지난 김밥, 유통기간 넘긴 과자들을 그냥 가져올 수 있었기 때문이다. 그것은 그나마 슈퍼 사장님의 작은 배려였다. 나는 늘 감사하다며, 그분께 허리를 숙이고 인사하였다.

4. 삶이 이렇게 흘러가도 좋을까?

나는 시시때때로 내 삶에 절망하였고, 내 미래에 대한 아무런 희망이 없었다. 그렇게 열심히 살았지만, 늘 가난한 우리 가족…. 그 가족을 위해 바친 꽃 같았던 내 청춘이 아깝고, 서러워서, 나는 자면서 숨죽여 우는 날들이 많았다. 그러나 아침이면 다시 미친 듯이 일어나 새벽밥을 하고, 동생들 도시락을 싸고, 대충 씻고서 청바지에 셔츠 하나와 늘 신던 검은 운동화에 점퍼 하나를 입고서, 다시 공부하러 학교에, 그리고 동네 꼬마들의 과외 선생으로 일하기 바빴던, 내 이십 대의 서글픈 나날이었다.

그러나, 시간은 이토록 힘겹게 천천히 흐르고, 나는 매 순간 최선을 다했기에 대학 졸업이 다가오자, 나는 교수님들의 추천으로 대우가 가장 좋다던 '대기업'에 특채로 선발되었다. 늘 웃을 거리가 없던 우리 집에는 정말 오랜만에 웃음꽃이 피었고, 내 생전 처음, 아버지께서 나에게 "미령아, 잘했다…!"라고 칭찬을 해주셨다. 우리 집에서는 오랜만에 달동네의 많은 이웃들을 모시고 조촐하나마, 축하 파티가 열렸다. 정말 오랜만에 어머니의 밝은 웃음을 보았고 아버지의 흐뭇한 얼굴, 내 동생들의 크게 웃는 웃음소리가 드높던 하루였다. 나는 너무도 행복해서 '이 행복이 과연 내 것인가?' 싶어 내 팔을 꼬집어 보았다. 이렇게 행복한 날, 저 멀리에서는 크고 환한 보름달이 우리 집 마당의 바로 위에 떠서, 나를 웃으며 빙그레 바라보는 듯하였다.

정말 오랜만에 즐거운 마음으로, 맛난 음식들을 배불리 먹었고, 밤잠을 푹 자 보는 날이었다. 첫 출근 날이 다가오자, 나는 괜히 신경이 쓰여서 어젯밤 잠도 제대로 못 자고, 결국은 피곤한 첫 출근 날이 되었다. 어머니가 오랜만에 장만하신 고깃국에 김치, 밑반찬들로 밥 한 그릇을 겨우 먹고, 출근을 준비한다. 부스스한 얼굴과 머리, 게다가 화장도 제대로 못 하고, 흰색 블라우스와 검은색 투피스, 나의 모습은 왠지 초라해 보이고, 동네 시장에서 산 검은색 구두조차 발에 잘 맞지 않는다.

'아… 내가 왜 이러나. 다시 정신을 차려야지….' 우리 집에서 나와 약 10분을 걷고, 동네 버스를 10여 분 타고 가서, 큰 네거리에서 내려 다시 전철을 40여 분 타고, 다시 내려 10여 분을 걸으면 우리 회사가 나온다. 나는

연보랏빛 고운 꽃이 피었습니다

정신을 차리려고, 회사 앞에서 찬물을 한 컵 들이켠다. 그리곤 내 자그마한 두 손을 꼭 쥐고, 나의 자랑스러운 첫 직장, 회사의 번쩍거리는 큰 정문에 들어선다. 나는 정문을 통과하는 출입증을 부여받고, 기획팀의 내 책상으로 가 본다. 큰 책상과 그 옆의 서류함, 그리고 개인 전화와 그 당시 드물던 컴퓨터가 한 대씩 있다. 책상 4개 가운데 프린터와 팩스 머신, 그리고 사무실 옆엔 그 당시 드물던 정수기가 놓여 있다. 생전 처음 보는 첨단 사무실 기기에 기가 죽고, 다른 동료들의 화려하고, 세련된 옷차림에 나는 더욱 어깨가 움츠러드는 기분이었다. 그때였다. 저기 한편에서 누가 밝게 나에게 인사를 건넨다.

"미스 정…. 안녕하세요? 저는 김 대리입니다. 우리 회사에 수석으로 입사하신 미스 정! 환영합니다! 하하하!"

나는 위축된 어깨를 펴고, 다시 얼굴을 들어보니, 티 없이 맑은 얼굴, 환한 옷차림의 말쑥한 한 사람이 연신 웃으면서, 내게 다가온다. 아, 저분은 우리 팀의 대리님이 아닌가? 명찰에는 〈기획팀-김수호 대리〉라고 쓰여있다. 그런데, 얼굴이 너무 앳되게 보인다. 귀한 막내 도련님 같은 외모…. 나는 가난한 집안의 맏이, 게다가 늘 맘고생을 한지라, 내 또래보다 언니나 누나 같은 느낌이 강하다.

"네에…. 김 대리님!! 반갑습니다."

왠지, 나에게 호감이 있는 그의 모습이 싫지 않다. 어쩐지 이 힘든 회사에 든든한 내 편이 생긴 듯한 느낌이 들었다. '김수호 대리' 그의 얼굴을 처음 봤을 때부터, 그녀는 왠지 이상한 예감이 들었는데, 그것은 행복하고, 설레면서도, 저 마음 한구석이 짠한 마치, 우리의 미래를 말해 주는 듯하였다. 그렇게 우리들의 운명적인 첫 만남이 이루어졌다.

5. 신입사원의 하루

신입사원인 나의 하루가 정신없이 시작된다. 나는 새벽에 일어나서, 아침밥과 간단히 국을 만들어 놓고, 두 동생 도시락을 싼 후에 회사 준비를 한다. 그래야 어머니가 조금이라도 더 주무시고 일을 나가시기 때문이다. 달동네에서 한참을 내려와 붐비는 만원 버스를 10여 분 타고, 다시 10분 정도 걸어서 지하철을 40분 타고, 다시 10분 정도를 걸어서 우리 회사에 도착한다. '저런…. 아침부터, 기운이 빠진다.'

정신없이 시작된 첫날 아침이다. 회사 업무 오리엔테이션과 부서 내 인사, 자신의 책상 정리와 부서 내 할 일을 분담하고, 내가 할 일을 좀 익히고 나니, 벌써 퇴근 시간이다. 퇴근길의 버스와 지하철도 말도 못 하게 붐비고, 복잡했다. 근무를 마치고 집에 오니, 파김치가 되었다.
'아마 긴장한 탓이겠지….' 나는 피곤해서, 정신없이 잠을 자고 나니, 다시 새 아침이 밝아 왔다.

어제 피곤한 것을 생각하니, '아, 도저히 구두로는 안 되겠다.' 나는 속으로 생각해 본다. 출근길에 많이 걸어야 하기 때문이다. 그래서 할 수 없이 나는 운동화를 신고, 구두 하나를 가방에 넣고 출근했다. 점심값을 아끼려고, 도시락도 쌌지만, 그것은 주위의 눈치가 보여 그만두고 주로 김밥

연보랏빛 고운 꽃이 피었습니다

이나, 근처 빵집의 빵과 우유 하나가 내 점심이었다. 아침 출근길에 김 대리님과 회사 정문 로비에서 마주쳤다. 그는 그 당시엔 드물게 회사 근처, '전문 커피점'의 커피를 사서 들고 온다. 우리 회사 옆에서 산 것이라 했다. 나중에 안 것인데, 그 커피는 내 점심값과 맞먹는 거금이었다. 그 원두커피는 평생, 커피믹스만 먹어 본 나에게는 마치 신세계를 발견한 듯한 '새로운 맛'이었다.

나중에 그와 이별한 후에 그와 만남, 그의 얼굴을 생각할 때마다, 그 커피 향과 맛이 생각날 정도로, 그 커피는 나에게 새로운 문화의 시작이었다. 점심에 간간이 직원회식으로 먹던 달콤한 탕수육과 매운 짬뽕, 고소한 유니짜장면 같은 중화요리들…. 저녁 회식으로 먹던 왕 갈비구이와 시원한 물냉면, 매콤한 비빔냉면, 그리고 나와 만나던 김 대리가 사 주었던 회사 옆, 고급 경양식집의 비프 카스와 돈가스, 부드러운 크림수프와 버터를 발라 먹던 동그란 롤빵, 온갖 해물을 넣은 빨간 해물 스파게티, 햄과 야채 얹은 피자가 그 당시 나를 사로잡은 음식들이었다. 그 회사를 사직한 다음에도 늘 내 머릿속에, 내 입에 그 음식들이 떠오를 정도로, 나는 회사와 그 당시의 모든 것이 좋았다. '아!… 그때가 나의 찬란한 20대의 유일한 아름다운 추억이었고, 내 가난한 삶에서 처음 받아 본 사치품이었지.'

수호 씨와 나는 사내에서 연애를 시작하게 되었다. 그는 그 이름처럼 늘 산뜻했다. 날 끝까지 지켜준다던 그의 맹세처럼, 수호 씨는 나에게 최선을 다했었다. 그의 이름도, 그의 옷차림도, 그리고 그의 밝고, 환한 웃음도…. 나는 특히 그의 밝음이 좋았다. 이전에 잠시 나와 만났었던 우리 동네의 공부만 잘했던 명문대 학생, 창수와는 달리 느껴진다. 그 당시, 우리 동네의 공부 잘하던 수재들은 다 가정에서 받는 무언의 압박에 시달렸다. '개천의 용…! 그 이름이 가지는 부담감은 대단한 것이었지….'

그러나 그는 늘 밝았고, 회사 내 모든 사람에게 햇살처럼 환했다. 수호 씨는 회사의 중역분들이나, 미화원 아줌마나, 경비 아저씨들에게조차 한 결같았고, 친절했고, 그들에게 늘 도움이 되고 싶어 하던 사람이었다. 그에게는 약간의 '슈퍼맨 콤플렉스'가 느껴질 정도였다. 아마도, 가난한 티가 줄줄 나지만 눈빛만은 창창했던 나에게서, 그는 또래의 그가 알던 집단과는 다른, 한적한 시골 거리에서 뜻밖에 만난, 가련한 '풀꽃' 같은 느낌이 나서 나를 좋아했던 것인가….

나는 혼자서 우리 관계를 곰곰이 생각해 본 적도 있었다. 특히 그에게서는 좋은 냄새가 나곤 했는데, 나중에 한참 후에 알고 보니, 그가 사용한 것은 아주 비싼 명품 향수 냄새였다. 무엇 하나 거침이 없었던 그의 성품…. 누구에게나 친절했지만, 아닌 것에는 과장님이나, 부장님에게조차 "아…. 그건 아닌 것 같은데요?"라고 말하던 그였다. 나중에 알고 보니, 그것은 부잣집 막내로 무엇 하나 부족함이 없었고, 내가 목숨 거는 이 회사도 그는 단지 경험을 얻기 위해 잠시 취직한 것이란 걸, 한참 뒤늦게서야, 눈치 없던 나는 깨닫게 되었었다.

회사 퇴근 후, 유일한 나의 휴식 시간은 그와 함께하는 저녁 시간이었다. 우리는 회사 근처의 맛집을 돌아다녔고, 생맥주며, 소프트드링크, 와인, 칵테일 등등, 그는 내 20대의 모든 것을 바치고, 귀하게 얻어낸 내 청춘의 보상 같은 사람이었고, 내 눈물과 상처가 이 세상의 아픔으로 빚어낸 '내 삶의 진주' 같은 존재였다. 가끔, 수호 씨는 내게 선물을 하곤 했는데, 근처 가게에서 샀다던 목걸이며, 귀걸이, 스카프가 당시의 나는 알지 못했던 비싼 '명품 제품'이었음을 그것도 한참이나 시간이 흐른 후에야, 눈치 없던 나는 알게 되었다.

나는 내게 주어진 내 삶과 회사 생활에 최선을 다했고, 그와의 연애에서도, 비록 물질은 아니었지만, 내 최선을 다해 마음과 정성을 들여 임했다. 내가 그에게 준 것은 내 진심과 더 이상 할 수 없을 정도의 정성 어린 '순백의 사랑'과 '붉은빛 순정'뿐이었다. 나는 그것을 말로보다는 주로 글로, 혹은 그림을 넣은 시로 써서 보여주었는데, 수호 씨도 그것을 보고는, 너무 감동해서 내게 눈물 어린 감사를 전하곤 했었다. 그렇게 우리의 눈물겨운 연애는 슬프도록 처연하게, 그러나 '아름다운 사랑'으로 이루어져 가고 있었다.

6. 나의 직장 생활

그런 시간이 지나고 나니, 어느새 수호 씨는 새내기 과장이 되었고, 나는 우리 여자 동료 중에서 가장 먼저 대리를 달았다. 매사에 열심히 한 덕분에 나는 '슈퍼우먼, 정 대리'라는 즐거운 별명이 붙었고, 나의 남자친구, 수호 씨도 그 친절한 능력을 인정받아 '친절한 수호 씨'란 애칭이 붙었다.

회사 내 모두가 인정하는 우리 둘은 회사의 모든 곳에서 같이 했다. 마치 잘 짜인 오목 볼록 블록처럼, 사내 임원 연수나, 사내 전 직원 운동회, 신입 직원 연수회, 임원을 모시는 회식 자리, 회장님이 오시는 연말, 연초 모임 등등…. 내가 기본 틀을 짜고, 그는 보완작업을 하고, 내가 장소 섭외를 하면, 그는 나와 함께 직접 현장 답사를 하면서, 모든 것을 꼼꼼히 챙겼다. 정말 물샐틈없는 일 처리였고, 직원, 임원들 모두가 놀라 혀를 내두를 정도였다.

우리 커플은 처음 1년간은 비밀연애를 하다가, 우리 팀 과장님께 만남을 들켜서, 결국 모두가 다 아는 유명한 '사내 커플'이 되었고, 돌이켜 보면, 이때가 나의 가장 빛나고, 화려한 청춘의 한 시절이었다. 나는 [기획관리팀] 소속이었는데, 내 주된 업무는 회사 임원들의 곁에서 주로 기획 업무를 담당했다. 그들의 회사 내 모든 미팅 브리핑 자료, 전체 이사회 보고자료, 현재 회사 내의 모든 직원의 움직임, 고객 동향 관리, 심지어는 회장님 식구들의 근황까지 알아서 그들에게 보고해야 했다. 그렇게 나는 회사 내 모든 것을 담당하는 그들의 '비밀병기'가 되어가고 있었다.

그러나, 이 짧은 행복도 나의 것은 아니었던가? 연애 3년 차. 서로를 속속들이 알게 되고, 나의 부끄러운 가정사도 알게 되었지만, 그의 마음은 오히려, 더 나에게 더 쏟아지는 것 같았다. 내 눈물겨운 과거가 오히려, '삶의 훈장' 같은 거라고 그는 매번 말하곤 했었다. 그래서, 나는 추호도, 그의 사랑과 우리의 밝은 미래를 의심치 않았다. 우리가 너무도 순진했던 것일까? 어른들이 보는 현실의 세계는 냉정했고, 결혼관도 달랐다. 그

연보랏빛 고운 꽃이 피었습니다

의 좋은 냄새, 멋진 옷차림, 그의 세련된 말투와 외모, 그것이 무엇을 말하는지, 20대의 순진하고 가난했던 나는 미처 알지 못했다. 둘이서 잘 만나고 있었던 어느 날, 그가 갑자기 나에게 "오늘 우리 집에 갈래?" 한다. 나는 너무 놀랐지만, 언젠가 닥쳐올 일이어서 담담하게 "그러자…!"라면서 고개를 끄덕였다. 나는 늘 입던 검은색 정장과 흰색 블라우스(그나마 실크), 그리고 좀 나은 형편의 구두와 수호 씨가 철마다 선물해 주었던 진주 귀걸이와 목걸이, 그리고 명품 스카프가 다였다. 나는 회사 앞 꽃집에서 제일 좋은 꽃으로 꽃바구니를 예약하고, 내 나름대로 가장 화사하게 화장하였다. 부스스하던 머리도 대충 근처의 미용실에 가서 다듬고, 약속 시간에 맞추어 나는 회사의 정문으로 간다.

그도 긴장한 듯, 얼굴이 조금 굳어있다. 그가 나를 보자 환하게 웃는다.

"와, 미령아. 이쁘다. 흠…. 신경 좀 썼는데? 하하하…!"

"응? 정말?? 고마워, 수호 씨!!"

한참을 그의 차를 타고 달려가 보니, 드디어 우리가 멈춘 곳은 한남동의 외국인 마을 내의 큰 주택이다.

'아…. 내가 말로만 듣던 부잣집이 이런 집인가?'

나는 속으로 놀라며 생각만 하였다. 그런데 큰 대문이 차가 서자, 자동으로 스르륵…. 열리고, 그 안에 아름다운 넓은 정원의 곳곳에는 가로등 불빛이 환하게 밝다. 아주 잘 가꾸어진 정원과 조경석들, 멋진 나무들, 그리고 작은 연못과 수석들….

'아…! 그 불빛이 너무 밝아서, 나는 갑자기 부끄럽다.'

자신의 초라함이 극대화되는 듯한 이 느낌! 그만큼 나의 마음은 어두 웠고, 나의 가슴 속을 치는 이 불길한 느낌은 무엇인가…! 회사에서 준비 한 화려한 꽃바구니를 손에 들었는데, 내 두 손이 바르르 떨린다. 수호 씨 가 내 손을 잡아 주었지만, 나의 손에는 연신 식은땀이 흐른다. 그 높던 대 리석 계단…. 한 발씩 발걸음을 내디딜 때마다, 나는 단단하고 높은 '현실 의 벽' 앞에 절망한다.

그 높고 긴 계단을 다 오르고 나서, 드디어 크고 육중한 현관문 앞에 섰 을 때, 나는 그 대문이 무엇을 말하는지 알겠다. 그 근엄하고 육중한 자태, 그리고 각종 화려한 문양이 새겨진 그 문은 그와 나와의 격차, 차이, 넘을 수 없는 세계가 있음을 일깨워 준다. 그의 집, 그 높은 계단을 나는 겨우 올라와서, 그의 집안에 크고, 화려한 거실에 다다른다. 화려한 온갖 꽃이 큰 화병에 놓여 있고, 집 안에는 진귀한 나무들이 가득하다. 그리고 눈에 띄는 것은 언뜻 보기에도 고가인 듯한 미술품과 장식품들이다.

소파에 앉아, 그의 부모님들이 나오시기를 기다리는 동안, 집안의 집 사이신 듯한 아줌마가 차를 내어오신다. 영화에서 보듯이, 그분도 블라우 스에 검은 치마와 검은색 앞치마를 두르셨다. 아! 이것은 마치 나의 복장 과 비슷하여, 한순간…! 나는 몹시 당황하였다. 먼저, 수호 씨 어머님이 우 아한 걸음으로 거실로 나오신다. 마치 파티에라도 가시는 듯한 옷매무새, 그 옷차림은 "내가 이 집의 안주인이다~"라고 큰 소리로 말해 주는 듯하였 다. "집사님, 여기 과일도 좀 내오세요~~" 수호 씨 어머님의 곱고, 까랑까 랑한 소프라노의 음성…. 그 모습은 우리 엄마보다 10년은 젊어 보이시는 모습이다. 우리 엄마가 "사모님~ 사모님~" 하며, 어려워하는 바로 그 지체 높으신 사모님! 나는 생전, 보지도 못한 귀한 과일들이 큰 접시에 가득히 내어져 온다. 그 과일들도 나에게 이렇게 말을 하는듯하다. "너 이런 과일 먹어 봤어? 이름이라도 알아? 너는 이런 과일 먹을 처지가 되냐고? 후후 훗….."

나는 수호 씨 어머님의 이야기가 한마디도 귀에 들어오질 않는다. 고개만 떨구고 그 앞에서 초라하게 앉아 있는 나 자신이 마치, 시든 길가의 들꽃 한 송이 같다고 느낀다. 결국은 이런 얘기였겠지! 너랑 우리 수호는 격이 맞지 않는다는 얘기. 결혼은 당사자뿐 아니라, 가족과 가족 간의 만남이라는 얘기. 그 화려한 대리석 계단과 육중한 현관문이 암시하듯, 그 집은 결코 가난한 나와 같은 존재의 입장을 추호도 용납지 않는 듯하였다.

7. 짧은 사랑, 그 후에…

그 후, 나의 하루하루는 눈물의 나날들이었다. 그러나 아픈 상처를 통해서 아름다운 '진주'가 만들어지듯이, 나의 눈빛은 진주처럼 빛난다. 이런 현실의 큰 어려움에 익숙해져서인지, 나는 어려울수록, 삶에 대한 의지가 불타오르지만, 남자친구-수호는 집안의 반대를 이길만한 배짱은 없어 보이고, 늘 웃던 그의 얼굴은 수심이 가득해지고, 슬픈 얼굴로 고개를 떨구고 다닌다. 한 번도 자기 삶에서 난관을 모르던 그였기에, 그는 늘 밝고, 환하였다. 늘 풍족하고, 여유로운 환경에서 누가 타인에게 넉넉지 않을까?

이런 수호 같은 사람들을 나는 너무도 잘 안다. 이 정도로 잘사는 집 도련님인 줄 알았으면, 애초에 만나지도 않았을 것이다. 그는 전혀, 부유한 티를 내지 않았기에, 그저 좀 유복한 집안의 막내인 줄 알았었다. 그도 집안 환경의 다름이, 신분의 차이가, 무슨 문제이랴! 이렇게 생각했었다. 평소, 사람 자체만을 보아야 한다고 집안의 가르침을 받은 그였기에…. 미령이야말로 힘든 상황을 꿋꿋이 이겨낸, 다른 또래의 여자들보다 이런 점에서 훨씬 더 높은 점수를 받으리라고 믿었던 수호였다. 결혼이라는 현실을 너무 단순하고 순진하게 생각한 우리들이었다!

그러나, 결혼이라는 '현실의 벽' 앞에 그의 낭만은 철저히 무너져 내렸다. 결국 몇 달 뒤 수호는 집안의 주선으로 맞선을 보게 되었는데, 그는 수심이 가득한 얼굴로 나에게 말했다.

"미령아! 정말, 미안해…. 그냥. 그냥, 한번 나가 볼게…. 집안 어른들 말씀을 도저히 거역할 수가 없네!"

나는 직감적으로 알아채게 되었다. 이것이 '우리의 끝'이었음을, 그리고 내가 결국 그를 보내야 하는 이별의 순간이 서서히 다가오고 있음을….

수호와 만나던 지난 3년간은 추운 줄을 몰랐다. 그의 따뜻한 배려, 사랑, 그리고 실질적인 따뜻함을 다 내게 내어준 그였기에…. 그가 없는 이번 겨울은 유난히 춥고, 쓸쓸하다. 마치 가슴 한가운데 크고, 깊은 호수가 있어서 그곳에서 차가운 겨울바람을 만들어 내는 듯하다. 때로, 그곳에선 눈보라가 치고, 비바람이 심하게 불었으며, 잎새 하나 남지 않은 앙상한 겨울나무가 '윙~윙~' 소리를 내며, 한밤 내내 울기도 하였다. 과연 다시 봄이 내게 올까? 나는 끝없는 겨울 속에 감금된 것 같다.

연보랏빛 고운 꽃이 피었습니다

'일…. 집…. 그리고 회사….'

이렇게 다람쥐 쳇바퀴 돌듯이, 나는 매일매일을 단조롭게 지내고 있었다. 춥고, 긴 겨울이 지나고, 2월 중순이 되면서, 겨우 봄이 오는 듯한 느낌이 들었다. 앙상한 겨울나무에는 봄의 햇살이 비치면서, 아주 작은 움이 돋는 듯도 하였다. 이미 다른 팀으로 간 수호가 오랜만에 우리 '기획팀'에 놀러 왔다. 그의 양손에는 한가득, 뭔가가 큰 봉투가 들려있다. 그의 얼굴엔 환한 웃음 대신, 어색한 미소만 가득하다. "저…. 알려드릴 일이 있어요." 그러면서, 희고, 작은 봉투를 하나씩 돌리는데, 나는 그것이 그의 청첩장임을 스치듯이 알아챈다.

그렇다! 이제 봄…. 바야흐로 봄이었다. 그의 집에서는 막내 아드님의 결혼을 몹시 서둔다고 하였다. 드디어 집안의 회사 경영에 그가 다가선다는 뜻이다. 그의 약혼녀는 쟁쟁한 정치가 집안의 딸이다. 아마도 그 결혼으로 회사의 입지가 달라질 것이란 얘길 많이 들었다. 수호도 이제 결혼 후에 이 회사를 떠난다고 들었다. 2월 말로 결혼 날짜가 잡히고, 그는 3월부터는 가족이 경영하는 회사로 간다고 하였다. 그의 청첩장은 화려하고도, 심플했다.

'신라호텔이라니….' 얼마나 화려할지 나는 가히 짐작이 간다. 그의 결혼식이 있는 토요일에, 그동안 수호의 친절을 받았던 많은 사람이 참석한다고, 난리였다. 다들 무슨 옷을 입고, 그의 결혼식 비용이 얼마나 드는지, 과연 호텔 식사 비용은 얼마인지, 우리가 축의금은 얼마나 해야 할지….

처음 초대받은 호텔의 결혼식에 모두 관심이 대단하다. 그들은 시간만 나면, 삼삼오오 모여서, 그의 결혼식에 갈 준비로 대단히 바빠 보인다.

그러나 다들 나의 눈을 피한다. 우리는 회사의 소문난 커플이었기에, 다들 뒤에서 무슨 얘기를 했을지, 보지 않아도 내 눈에 선하다. 우리 팀은 전원이 참석하고, 게다가 결혼식에서 축가를 부른다고 난리이다. 그들은 다들 일도 잘하지만, 노래나 연주도 잘하는 재주꾼들이 다 우리 팀에 있다.

"당신은 사랑받기 위해 태어난 사람~~" 아…. 아름다운 하모니! 그것을 듣는 나의 눈가에 두 줄기 눈물이 흐른다. 그토록 참아왔지만, 그것은 우리가 서로의 생일에 축하하면서, 주로 부르던 노래였기에, 나는 참을 수 없이 눈물이 흐르고 만다. 얼른, 화장실에서 눈물을 수습하고, 다시금 화장을 고치고는 아무 일도 없는 듯이 나온다.

'내가 지금 무너져선 안 돼! 누구보다도 의연하게 이 시간을 버텨야 해!' 나는 두 손을 꼭 쥐고, 잡은 두 손에 힘을 준다.

'아…. 두 눈과 목 안이 아프다.' 나의 가슴 속 심장이 얼어붙는 듯하다. 겨우겨우 목이 차오르는 울음과 눈물을 참아 내려니, 나의 목 안과 두 눈이 칼칼하게 아프다. 마치 칼로 나의 가슴을 도려내고, 송곳으로 나의 눈을 찌르는 듯이 아팠다.

드디어 토요일이 되어, 모두가 결혼식에 가고, 나만 혼자 사무실에 남겨졌다. 마지막으로 사무실에서 나가는 직원들의 발걸음 소리를 확인하

연보랏빛 고운 꽃이 피었습니다

고 나서, 나는 저 속에서 복받치는 울음을 토해낸다. 집에서도, 회사에서도 울지 못하고, 참아 내었던 울음이 꾸역꾸역 터져 나온다. '이렇게 내 안에 눈물이 많았던가?' 마치 내 몸 안에 있던 모든 수분이 다 빠져나가는 듯하다. '오직 내 사람이라고 믿었었던, 한 사람…. 이 세상이 다 변해도 우리의 사랑은 그대로일 것이라고 굳게 믿었었던 그 한 사람…!' 짧은 내 이십 몇 년의 인생에서 가장 아름답던 순간을 선물해 준 사람. 갓 내린 원두커피가 주는 그 여유와 향기를 내게 주고, 겨울엔 그 차가운 눈과 비, 그리고 찬 바람을 막아주는 따뜻한 털장갑이 되어 주고, 여름에는 그 숨 막히는 더위와 땡볕을 막아주는 시원한 그늘과 쾌적한 바람이 되어 준 사람…. 봄에는 앙상한 겨울나무 위로 활짝 핀 봄꽃이 되어 주고, 가을엔 내 텅 빈 나무 옆에서 색색의 낙엽처럼 아름답게 남아 준 사람이 아닌가!

한 사람의 상실감이 이렇게 큰지, 처음으로 나는 내 삶에 절망하고, 또 절망했다. 과연 내가 앞으로 어떻게 살아야 할지, 다시 누군가를 만나서 사랑하게 될지, 너무나 까마득하고 아련해서 이제 살아갈 힘조차 잃은 나였다. 내가 어떻게 집에 왔는지, 도대체 밥을 언제 먹고, 또 언제 잠들었는지, 나도 알 수 없는 시간이 내 옆에서 조용히 흘러가고 있었다.

8. 다시 삶은 시작되고…

'그러나, 나는 다시 일어서야 하리라….'

나에게 남은 모든 힘을 다 짜내어 지탱하는 나에게 그나마, 이만큼 힘이 된 것은, 바로 직장에서의 견고한 내 입지였다. 모두가 기획팀의 '정미령 씨'를 찾았고, 특히 부서장들의 회의 전에 나는 이사님, 부장님, 차장님들에게 불려 다니며, 그들과 함께 브리핑 자료를 만들고 야간작업도 하기 일쑤였다. 나는 회사의 특별 야간 수당을 받으며, 택시로 출, 퇴근하면서, 매일 회사의 끝도 없는 일에 매진했다.

그러다 보니, 대리였던 나도 어느덧 과장이 되고, 여자로서는 처음으로 차장까지 승진했다. 이제 수입도 괜찮아서, 그다지 먹고, 사는 문제에 대해 신경을 쓰지 않아도 되었다. 내가 받은 월급을 모아, 내 힘으로 처음 아파트를 마련했을 때, 나는 어머니와 두 동생을 부둥켜안고 울었다. 그러나, 편한 운명은 다시 나의 편이 아니었다. 어머니가 날로 피곤해지고, 입맛도 없어진다고 하신다. 이제 모든 일을 다 그만두시고, 이제 쉬시라고 하니 집에서 쉬시면서, 내내 잠만 주무신다. 나는 '어머니가 피곤하셔서, 그런가 보다…' 했었다. 너무 피곤해하셔서, 어느 날, 동네의 작은 내과 병원에 어머니를 모시고 갔을 때, 의사로부터 청천벽력 같은 소리를 들었다. 어머니의 병명은 '췌장암'이 의심된다고 하였다.

'아…. 제일 완치가 힘들다는 췌장암이라니….'

나는 그 진단을 믿지 못해서 어머니를 모시고, 서울의 큰 병원에 가 보았다. 어머니는 이미 자신의 병이 깊은 것을 알아채신 듯, 가늘고 파리한 손과 파랗게 질린 입술이 덜덜 떨리고 있었다.

연보랏빛 고운 꽃이 피었습니다

'아…. 어머니, 내 어머니…! 한평생 고생만 하시다가, 이제 좀 살 만한 데….' 내 눈에서는 눈물이 하염없이 흐른다. 의사로부터 그런 절망적인 얘기를 듣고 보니, 나 또한 이제 더 이상 이 삶에 애착이 없어진다.

'그렇다! 나도 이제 어머니와 같이 이생을 마감하리라….'

나의 절망은 이제 극에 달했다. 내가 그렇게 사랑하던 사람을 잃고 나서, 이제 나에게 남은 한 분뿐인 어머니라니…. 내 삶의 목적은 오직 어머니의 기쁨이 되는 것이었고, 모든 성공의 원천도 단 하나, 내 어머니의 행복한 웃음이었다.

'안 된다, 저렇게 어머니를 보낼 수는 없지….' 나는 내게 남겨진 마지막 안간힘을 쓰며, 어머니를 간호했다. 어머니를 위해서, 그렇게 잘 다니던 회사까지 사직하고 오직 간호에만 매진하였다. 마침 두 동생이 대학에 장학금으로 다니고 있어서, 그다지 큰 어려움은 없었고 저금통장에 나름의 목돈이 좀 있었기에, 무엇보다도 어머니를 위해서라면 무엇이 아깝고, 중요할 것인가…? 나와 우리 가족은 모두 기도에 매달렸다. 매일 새벽 기도에 나가고, 동네 잘 믿는 분들께 기도를 부탁하고, 목사님께도 특별 기도를 요청했다. 특별 헌금도 제법 하고, 어머니를 위해서라면, 나는 못 할 것도, 아까운 것도 없었다. 전국 방방곡곡으로 몸에 좋은 약재와 민간요법에 매달리고 병원에서 항암도 받았다.

한 3개월을 그렇게 하고 나니, 조금씩 차도가 보이는 듯하였다. 어머니가 덜 아프다고 하시고, 식사도 좀 하신다. 나는 이 모든 것을 긍정적인 신호로 보고, 맛난 음식으로 매일매일, 매끼 매끼를 극진히 어머니께 대접

했다. 어머니의 드시는 맛난 음식이 그렇게 좋아 보일 수가 없었다. 한 일주일을 그렇게 호전 반응을 보이다가, 결국 급격히 병세가 나빠지며, 다시 응급실로 가셨다. 응급실에 실려서 가실 때, 어머니는 이미 의식이 거의 없으신 상태였다. 그 병원에서 마지막으로 정신을 차리신 어머니는 유언처럼, 나에게 이렇게 말씀하셨다.

"미령아, 내 딸아…. 네가 있어서, 이 에민 한평생이 행복했었다…. 또 너에게 짐만 남겨 두고 가는구나…. 부디 두 동생과 네 아버지를 부탁한다. 미안하다…. 미안하다…."

저 먼 길, 가시면서도 내게 미안하다고 몇 번을 말씀하시던 내 어머니. 그렇게 어머니를 먼 길로 보내고 나니, 나는 이제 살 희망이 없다. 두 동생과 아버지, 그들을 위해 다시 살아내야 하는가? 아, 다시 이 힘든 세상살이를 할 힘이 나질 않는다. 그러나 나만 바라보는 두 동생과 아버지를 보니 내가 힘을 내야지…. 나는 다시 억지로 힘을 내고, 내가 할 일을 알아본다.

대학 다니는 두 동생과 거동이 불편하신 아버지 때문에 정규직은 힘들 것 같고, 나는 그 동네의 방문지 학습 교사로 일하려 한다. 다시 나의 고되고, 힘든 삶이 시작되었다. 나는 다시 억척이가 되어 방문하는 집집마다, 그 학생들에게 최선을 다하고, 그나마 서울의 좀 나은 대학에 다니는 두 동생 때문에, 동네의 학부모님들에게도 상담교사가 되어, 매일을 바쁘게 지낸다. 다시 일을 시작하니, 다시 활기가 좀 생기고, 시간을 보내기가 수월하다. 입맛도 좀 생기고, 이제야 겨우 사는 것 같다.

연보랏빛 고운 꽃이 피었습니다

9. 작은 희망의 싹

　그 거친 돌 틈바구니에서도 파란 싹이 자라듯, 이렇게 삶을 시작하고 보니, 동네에서 열심히 일하면서 이런저런 사람을 만나고, 그 와중에 나에게 중매가 들어왔다. 우리 동네 '행복슈퍼' 집의 장남…. '고현수'라는 남자이다. 그는 슈퍼를 몇 개 운영하는, 그나마 우리 동네에선 제법 알부자라 꼽히는 집이었는데, 그 장남이 나를 멀리서 보고는 좋다고 소개해 달라고 한 모양이다. 첫눈에 보기에도 병약해 보이는 사람…. 그래도 사람은 좋아 보이고, 집안이 넉넉하니 우리 동생들이나, 아버지에게 아낌없이 베푸는 것이 좋아서 나는 그의 프러포즈에 "그렇게 하자"라고 승낙했다. 일방적으로 그 집안의 일정에 맞추어, 결혼의 모든 것이 진행되었다. 결혼하면서, 준비는 아무것도 필요 없다는 시어른의 말씀에 따라 나는 이불 한 채와 시부모님 한복 두 벌, 남편의 시계와 금반지 하나를 마련해서, 소위 '결혼'이라는 걸 하였다. 세상에 어리석게도, 내 짐을 나누어지게 하려고 결혼이란 걸 한 것이다.

　그래도 신혼이어서, 우리 사이에는 제법 사랑이 꽃피었다. 그는 유약하지만, 그나마 나를 좋아해서 늘 내 곁에서 맴돌았고, 그런 남편을 나는 동생처럼 보살피며 신혼살림을 하였다. 시댁에서 마련해 준 아파트에서 살게 되니, 동생들과 아버지는 내 아파트에서 살았고, 낮에는 내가 학습지 교사를 하며, 틈틈이 번 돈으로 생활비며, 동생들 용돈을 주게 되었다. 그나마, 얼마나 다행인가? 그러면서, 나는 결혼을 통해서, 내 생애 가장 큰 선물, 큰딸과 작은딸을 만나게 된다. 내 삶이 비록 비루하고, 아무런 기쁨이나 행복이 없는 고된 삶이었을지라도, 별처럼 빛나고, 귀한 큰딸 '은별'이와 꽃처럼 사랑스럽고, 예쁜 작은 딸 '은애'를 얻게 되었다. 내 사랑하는 두 딸! 〈고은별…. 그리고 고은애.〉

내가 세상에서 가장 잘한 일이라면, 결혼해서 그 아이들을 낳은 것이다. 비록 동네에서 급하게 결혼했지만, 이렇게 사랑스러운 두 딸을 얻고, 한참 딸아이들의 재롱에, 그리고 낮에는 학습지 교사로 나의 정신없는 삶이 지나고 있었다. 봄꽃이 흐드러지게 핀 어느 봄날이다. 남편의 유난히 흰 얼굴이 더욱 창백해지더니, 코피가 줄줄 나고 도무지 멈추질 않는다. 병원의 응급실에 다녀와서야, 그의 지병이 백혈병임을 알았다. 늘 피곤해 하고, 조금만 무리해도 코피를 흘리더니, 결국은 백혈병으로 진행이 된 것이다. 이를 알고서는, 시댁에서는 난리가 났다.

'내가 남편을 잡아먹을 상'이라고 점집에서 말렸다더니, 이런 사달이 났다며…. 시어른들은 모든 것을 내 탓으로 돌리며, 당장 이혼서류에 도장을 찍어야 남편이 산다고 나를 몰아세운다. 아니, 나를 윽박질러 도장을 찍게 하였다. 결국 나는 그와 같이 살던 아파트 하나만을 받고, 이혼서류에 도장을 찍어, 졸지에 애 딸린 '이혼녀'가 되었다. 그나마, 대를 이을 아들이 없다고 하면서, 내 두 딸에 대해서는 양육비를 주지 못하겠다고 한다. 아마, 새 여자를 들여 대를 이을 아들을 보려는 속셈인 것 같다.

나중에 알고 보니, 어느 어리숙한 여자를 들여 시골에서 남편 요양하며, 돌봐줄 시골 여자를 집에 들이고, 그 사이에 아들 하나도 얻은 모양이었다. 아픈 남편은 나나, 딸들에 대해서는 아무런 말이 없다. 그는 착하기

연보랏빛 고운 꽃이 피었습니다

는 했지만, 워낙 몸이 약해 자신의 주장 없이 살아온 사람이었다. 아마도 '나는 곧 죽을 텐데…' 싶어서였을 것이다, 그와 강제로 이별하고, 두 딸과 남겨진 채로, 나는 다시 삶에 내몰렸다. 사랑하는 내 두 딸을 위해서라면, 무엇을 못 하랴…! 이런 긴박한 상황에 내몰릴 때, 나의 눈빛은 빛났다. 나는 그동안 학습지 교사로 넓힌 인맥을 중심으로, 내 아파트 대출을 받아, 내 힘으로 작은 학원 하나를 경영하게 되었다. 내 딸들은 학교와 유치원에서 돌아오면, 내내 학원에서 책을 보거나, 학습지를 풀며, 때로는 그림을 그리거나, 학원 앞 동네 놀이터에서 놀았다. 내가 어둑어둑해져서, 학원 문을 닫고 나올 때, 내 딸들은 그 늦은 시간까지 동네 놀이터에서 놀곤 하였다.

큰애, 은별이는 그네를 타다가, 그네가 저 하늘로 솟아오르면, "와…. 엄마! 별들이 나에게 와요. 내 품에 별들이 가득히 들어오네요. 호호호."

늘 책을 많이 읽고, 글을 잘 쓰던 내 큰딸은 결국 국문과에 가서 국어 선생이 되고, 신춘문예에 시로 당선되어 지금도 잡지나, 월간 문학지에 간간이 글도 쓴다.

"늘 엄마의 일생을 나중에 글로 써 줄게." 하고 말하던 착하고, 친구 같던 내 큰딸이다. 그리고 늦은 시간, 동네의 어둑어둑한 놀이터의 미끄럼틀 밑에서, 내내 그 작은 손으로 모래 위에 행복한 가족의 모습이며, 큰 집과 자동차 등, 자신의 결핍을 그림으로 그리던 내 사랑스러운 둘째는 미대를 수석 입학, 수석 졸업하고, 유명한 회사의 산업 미술 디자이너로 있다. 학원 뒷방에서 컵라면을 먹으며, 동네 빵집의 시간 지난 굳은 빵을 먹으며 그렇게 자란 딸들이지만, 전혀 구김살 없이 잘 컸다. 큰딸은 내가 학원을 하며 만난 동창생과 연이 되어, 지금은 미국 지사에 나가 있다. 둘째는 실내 디자인하다가 만난 건축가와 목하 연애 중이다. 나중에 같이 건축과 실내장식 사무실을 운영한다고 하였다.

　'아…. 이제 나에게 무슨 걱정이 있을까?' 나의 사랑스럽고, 귀한 두 딸, 내 평생에 가장 잘한 일이 있다면, 결혼하고, 그를 통해 너희들을 만난 것이다. 아빠 없이 컸지마는, 구김살 없이 예쁘게, 그리고 학교에선 공부도 잘하고, 한 번도 엄마 속상할 일을 만들지 않았던 아이들…. 너무 철이 일찍 들어, 내내 마음이 아리기도 했었다. 점잖고, 내 친구 같았던 큰딸, 은별이…. 내 마음에 마치 우리 어머니가 그러하셨듯이 그 아이는 내 마음의 별이었다. 내가 슬프거나, 힘들 때마다, 내 곁에서 같이 울어주고, 같이 웃어 주던 아이….

　"엄마, 힘들지? 조금만 참아? 우리가 나중에 다 엄마한테 갚을게. 엄마가 우리한테 베푼 사랑, 다 우리가 천 배, 만 배로 갚을게…!" 그러던 내 딸은 내가 운영하던 학원에 공부하러 온, 동창생과 아주 예쁘게 1년을 연애했다. 그 아이는 정말 귀하게 자란 집안의 막내였고, 척 보기에도 귀한 티가 나는 아이였다. 그에 비하면, 내 딸은 너무 점잖아서, 그 아이의 '누나' 같았다. 두 집안이 상견례를 할 때, 사실 많이 부담되었던 게 사실이다.

　'혼자 키운 내 딸, 혹시라도 그 집에서 싫어하면 어쩌나….' 해서였다. 학원에서 학부모로 만났던, 안사돈이 될 그녀는 늘 우아하고, 웃음이 넘치던 상냥한 여자였었는데, 마침 알고 보니, 그 아이-훈이의 엄마가 내 대학교 후배였다. 훈이 엄마, 아빠는 참 성격도 좋고, 매사에 긍정적인 성품이셔서, 우리 아이들의 혼사는 급한 물살을 타듯이, 무리가 없이 잘 진행되었다. 나는 별 어려움 없이, 훈이네의 의견대로 혼사를 진행해서, 결국 아무 탈 없이 내 귀한 딸을 시집보냈다.

'그날! 은별이의 결혼식 날! 나는 얼마나 울었던지….' 나도, 내 딸도 눈이 퉁퉁 붓듯이 울었고, 사위인 훈이도 옆에서 같이 눈물을 흘렸다. 정말 아름답게, 그 아이들의 결혼이 진행되고, 나는 처음으로 내게 찾아온 이 행복이 믿기질 않았다. 정말 아들같이 살가운 내 사위, 아직도 급할 땐, "선생님…." 하며 나를 부르는 아이. 내 딸 말이라면, 뭐든 믿는 착하고, 성실한 훈이…. 그 사위가 미국 지사로 발령이 나서, 딸과 함께 미국으로 들어가면서 나는 난생처음, 여름방학에 딸 집이 있는 미국이란 곳을 방문했다.

10. 사랑하는 너희들이 있으므로

내가 다시 삶의 희망을 찾고, 학원도 성황을 이루면서, 여름방학을 맞아 나는 미국 뉴욕에 가게 되었다. 큰딸과 사위가 있는 곳, 미국 뉴욕지사에 근무하는 사위를 따라 뉴욕 구경을 하고, 새로 장만한 집안의 가구며, 예쁜 집안의 소품들, 멋지고 화려한 디너셋트 등등…. 처음으로 내가 골라서, 내 맘에 드는 것으로 마련해 주었다. 한국에서는 안사돈이 다 마련해 주셨고, 이번에는 나에게 맡겨 주셔서, 내 평생 처음으로 호사스러운 그릇이며, 이불이며, 집 안 가구들을 마련하였다. 또한 딸과 사위와 매일 맛난 음식으로 외식도 하고, 내 딸과 사위가 좋아하는 음식을 만들어 주면서, 내 평생 처음으로 여유로운 시간을 갖게 되었다.

내 딸과 사위와 같이 그 큰 도시, 뉴욕을 구경하면서, 유명한 엠파이어 스테이트 빌딩의 스카이라운지에 올라가 같이 사진도 찍고, 뉴욕의 환상적인 야경을 바라다보면서, 'THE NIGHT OF N. Y.'라는 멋진 칵테일도 한 잔씩 했다. 그리고 'CIRCLE LINE'이라는 큰 관광 유람선을 타고, 거의 2시간을 뉴욕 허드슨강 강가를 돌며, 그 유명한 자유의 여신상에 내려 그 꼭대기에 있는 횃불 안에도 가 보고, 여신상의 제일 꼭대기 층에서 다 같이 사진도 찍고 왔다. 뉴욕시의 남쪽에는 아주 크고 유명한 '차이나타운'이 있다. 우리나라 인천에 있는 차이나타운과 비슷하지만, 그 규모는 엄청나게 크다. 그곳에서 유명한 장소마다 같이 사진도 찍고, 제일 유명한 맛집에서는 근사한 중국요리 한 상을 대접받았다. 그러고는 나에게 제일 비싼 백화점에 가서, 내 옷을 고르라고 한다. 늘 고생만 한 나를 잘 아는 내 사위 '훈이'는 나를 얼마나 잘 챙기는지, 마치 내 아들 같다. 나는 스스로 너무 행복해서 생각해 본다. '아! 나에게 이 무슨 복인지…!' 이렇게 살가운 사위를 잘 키워주신 안사돈께 너무 감사하다. 꿈같은 두 달여를 딸의 신혼집에서 아이들이 좋아하는 음식을 해주며, 집 정리도 해주면서, 나는 평생 처음으로 여유 있는 삶을 누리는 호사를 해 보았다.

거의 두 달이 지나, 다시 한국으로 돌아왔을 때, 공항에서 맞잡은 내 딸, 은별이의 작은 두 손, 그 아이의 눈물과 엄마에 대한 사랑이 전해져서, 나도 가슴이 저렸다. 그러나 든든한 내 사위가 있어 내 딸의 손을 그에게 맡기고, 나는 안심하고 다시 내 고향, 한국으로 돌아왔다. '뉴욕 공항'에서 마지막으로 내 딸아이를 안을 때, 그 작고 여리던 내 딸이 나보다 더 크고 듬직한 여성이 되어, 나를 꼭 안아주고, 나를 오히려 그 품에서 토닥여 준다. 내 딸이 이젠 든든한 내 보호자같이 느껴진다. 공부를 좋아하던 은별이는 그곳에서 언어학 공부로 석사과정을 시작하였다. 이제 모든 것이 다시 제자리를 찾아가는 느낌이다. 아이들이 다 자리를 잡고, 직장에서 자기의 능력을 인정받고, 또한 그 애들이 행복해하니, 나도 너무 행복하다. 때로 아무 문제도 없이 행복한 나를 생각하니, '아! 이 모든 게 꿈인가?' 할 때도 있었다.

나에게도 작은 행복이 다소나마 시작되는 듯하다. 내가 하던 학원도 잘되었고, 학원의 선생님들도 우리 학원에 대한 충성도가 높다. 그만큼 내가 그들에게 신경을 많이 써 주었기 때문이다. 근처의 학부모들도, 다니는 학생들도 다 우리 학원을 믿고 따라 주어서, 그 일대에서 제법 이름이 난, 유명 학원이 된 것이다. 나는 학원 일로 정신없이 바빴지만, 내가 하는 일에 대한 자부심으로 그 모든 힘든 날들이 다 행복하였다.

　벚꽃이 아름답게 만개한 4월의 어느 봄날이었다. 이상하게 아침부터, 내 마음속에는 온갖 아름다운 봄꽃이 피는 듯했고, 실제로 학원이 있는 그 거리엔 벚꽃이 아름답게 피고 있었다. 어느새, 연분홍 벚꽃 아래에는 꽃비가 내리는 곳도 있었다. 나는 이 계절을, 이 거리를 너무나 사랑한다. 하늘거리는 봄 바람결에 저 하늘에서는 아름다운 하얗고, 분홍의 꽃비가 내리는 이 광경이라니….

　나는 넋을 잃고 한참을 바라보았다. 내 귀에서는 아름다운 '봄의 세레나데'가 울리는 듯도 했다. 이렇게 아름다운 계절에, 이런 광경을 보고 있는 내가 새삼스레 신기하기도 하다. 이제 내 마음속에는 별다른 걱정이 없다는 것도 새삼스럽다. 학원 문을 열고서 오랜만에 봄꽃을 한 아름 사와서, 군데군데 화병에 꽂아두니 우리 학원에도 봄이 온 것 같다. 나는 금방 내린 커피를 한 잔 마시면서, 오늘 할 일을 머릿속에 그려보는 이 시간이 행복하다. 이런저런 학원의 서류를 보면서 오늘 할 일을 생각해 보고 있는데, "스르륵~~~" 우리 학원의 자동문이 열리고, 웬 중년의 학부모 한 분이 들어오신다.

'아…. 왠지 눈에 익숙한 사람의 모습이다…! 누구지…?'

'저런! 저 사람이 누구인가!' 나는 내 눈을 의심하며 다시 한번 보았지만, 역시 그가 맞다! 그 순간, 내 가슴이 철렁 내려앉았다. 아직 꿈에서도 못 잊던, 결혼 전 내내 나의 행복과 슬픔의 대상이었던 한 사람 '김수호' 그가 바로 내 앞에 서 있다. 그가 결혼 후, 그가 사는 도시를 피해서 일부러 나는 신도시에 자리를 잡고, 학원을 한 것인데, 혹시라도 그를 만날까 하여 늘 조심하였지만, 사실 깊은 한편의 마음속에는 그를 한 번이라도 보고 싶다는 마음이 공존해 있었다. 그는 내가 여기 있는 것을 알았을까? 아니면, 우연히 온 것일까? 이전 다니던 회사의 직원들이 일부러 수소문해서 내 학원을 찾아오거나, 수능 마지막 정리나, 대입 논술 등을 위해 멀리서 이곳으로 오시는 분들도 있었다. 그도 나를 보더니 적잖이 당황한 듯했다.

"아…. 저…. 누가 여기가 좋다고 추천해 줘서, 오게 되었어요. 우리 애 엄마는 사업을 한다고, 늘 출장이 많아서 내가 엄마 대신에 왔는데…." 하면서 그는 말꼬리를 흐린다. 좀 야위고, 머리도 희끗희끗하지만, 여전히 멋스러운 차림의 그다.

"내가 먼저 학원 선생님을 찾아뵙고, 상담 후에 내 딸을 데려오려고···. 사실, 그 애가 그다지 공부를 잘하진 못해요. 늦게 얻은 딸이라 너무 귀하게 길러서, 좀 나이에 비해 철도 없고···." 그는 큰 잘못이라도 한 듯이 내 앞에 고개를 들지 못하고 떠듬거리며 겨우 말한다.

'세상에···. 이런 날이 오다니···! 그가 내 앞에서 저런 모습으로 말하는 날이 오다니···.' 나는 이 상황이 믿을 수가 없어서, 다시 한번 그를 바라본다. 학원 상담소에서 그의 딸, 애라의 교육 상담을 해주고, 같이 커피 한 잔씩을 한 후에, "다음엔 딸을 데려오라." 하면서 우리는 헤어졌다.

11. 이제 내게 남은 것들은···

학원에서 그 사람의 딸을 만났다. 그녀는 얼굴도 아주 예쁘장하고, 옷도 세련되게 잘 입었는데, 도대체 삶에 대해 의욕이 없어 보인다. 별로 하고 싶은 것도 없고, 특별히 싫은 것도 없는 "부잣집 막내딸" 특유의 냉소적인 여학생이다. 나는 상담하면서, 그녀가 '우울증 초기'임도 알게 되고, 엄마에 대한 강한 반발심이 있음도 알게 되었다. 늘 사업하면서 바빠서 가정에 충실할 수 없었던 엄마 때문에, 아빠인 수호 씨가 나름 애를 썼지만, 엄마의 빈자리를 채우기는 힘이 들었을 것이다. 장래에 무엇을 하고 싶은지, 미래에 대한 꿈이 무엇인지, 그녀와 여러 번 상담하며 마음을 열려고 노력하다 보니, 의외로 그 아이에게 글쓰기에 재주가 있음을 알게 되었다.

연보랏빛 고운 꽃이 피었습니다

이런 학생들에게 글쓰기는 '마음의 치유 효과'도 대단한 힘을 발휘하곤 한다. 자기 스스로 자신의 마음을 잘 알 수 없을 때, 그래서 나는 '글쓰기'를 권한다. 애라에게 수능 지도도 하면서 논술도 준비하고, 나와 만나서 상담과 마음을 여는 글쓰기 지도를 해주었다. 일로 바쁜 엄마와의 갈등, 그것은 엄마에 대한 사랑의 결핍에서 온다. 바로 '애증의 관계'이다. 그녀는 스스로 마음의 글을 쓰며, 자신의 문제가 무엇인지, 무엇을 하고 싶은지, 내 반항의 목적이 무엇인지? 그 모든 문제의 실타래를 차츰 풀어가며, 애라도 점점 밝아진다. 글쓰기에 부쩍 관심이 늘어서, 어느 날엔가…. 내 딸 은별의 고등학교 때 일기를 보여주었더니, 그다음 날, 애라는 눈이 퉁퉁 부어서 왔다. 그러면서, 그녀는 내게 줄 예쁜 꽃다발도 하나 준비해 왔다.

"선생님, 이런 상황에서 살아오신 분이시군요. 은별 언니가 이렇게 자라서, 그 힘들다는 '신춘문예'에도 당선되고, 국어 교사가 되고, 지금은 미국에 가 계시다니요…. 전 너무 부끄러워요. 그저 불평만 하고, 떼만 쓰는 어린아이였네요." 그녀는 한참 말을 잊지 못한다. 나는 눈물을 글썽이는 애라를 꼬옥 안아주었다. 눈물겨운 내 딸의 일기가 그 애의 마음을 움직인 모양이다. 며칠 뒤, 수호 씨가 나에게 감사의 인사를 전해 왔다.

[미령 씨! 너무 반가웠고 고맙군요! 또다시 당신에게 빚을 졌네요…. 애라가 이제 자기 삶의 목적을 향해 나가는 것 같아요. 사실 그전에는 늘 엄마, 아빠에 대해 원망만 하고, 스스로는 아무것도 하지 않다가 요즘은 애가 달라졌네요. 진심으로 감사합니다. 과거의 우리 인연이란 게 이렇게 연결이 되는군요. 미령 씨를 알게 된, 우리 인연에 감사합니다!]

나, 또한 이렇게 그를 다시 만나고, 그에게 도움이 되는 나 자신이 너무 대견하다.

'내 삶의 지난한 고생들이, 내 삶의 뒤안길에서의 그 눈물들이 이렇게 빛을 보는구나….'

알 수 없는 인생의 굴곡진 길에서, 이렇게 이전의 인연을 만나게 되고, 나는 또 그의 딸을 만나고, 그 아이는 나와 내 딸을 좋아한다. 이 세상을 살다 보니 만나게 되는 수많은 인연…. 참 알 수 없는 것이 바로 우리가 사는 '삶의 아이러니' 아닌가?

몇 달간의 편안한 시간이 내 곁에서 지나간다. 그러나 이렇게 편한 삶은 내 것이 아니었던가? 다시금 삶의 질곡이 시작되었다. 이상하게 요즈음, 나는 소화가 안 되고, 몸도 무겁다. 늘 소화제를 먹고, 학원에서 돌아오면, 피곤해서, 집에 오면 정신없이 쉬게 된다. 작은딸의 성화로, 할 수 없이 집 앞의 내과에 가 보았다. 그동안 미루어 왔던 종합 검진도 받고, 상담도 받았다. 며칠이 지나, 결과를 보러 가는데, 나는 왠지 알 수 없는 이상한 예감이 들었다. 요즘 어머니 생각이 많이 나곤 하였고, 꿈속에서도 어머니가 보이시곤 했다. 내 담당 주치의가 내 얼굴을 바로 보지 못하고, "저…. 좀 문제가…." 말끝을 흐린다. 나는 무엇인가가 내 몸 안에 일어났음을 바로 직감했다.

'아…. 드디어 올 것이 왔구나.'

나는 가슴이 철렁하며, 내 어머니의 마지막 모습이 떠올렸다.

'아…! 그래…! 나도 좀 조심했어야 하는데…!' 내 담당 의사가 깊은숨을 한번 쉬고 나서 말한다.

"아무래도 위암이 의심됩니다. 그러나 아주 초기이니, 빨리 큰 병원에서 수술하시면, 아시겠지만 이 병은 예후가 괜찮지요. 더구나 생긴 부위가 수술하면, 전이도 되지 않을 좋은 위치입니다."

나는 이런 뜻밖의 소식에 머리를 큰 망치로 얻어맞은 듯, 띵하다. 그 순간! 아무 생각도, 어떠한 단어도 입 밖에 나오질 않는다. 언젠가, 이제 모든 내 소임을 다했으니, 어머니 곁에 가서 쉬고 싶다고 했던가? 그 말대로 되려는 것인가?

'아직은 아닌데…. 큰애 아이 낳으면, 내가 봐주어야 하고, 둘째 결혼도 시켜야 하고….' 도대체 별것 아닌 것 같던 이 세상의 모든 소소한 일상이 갑자기 귀해진다. 새삼스레 별것 아닌 것 같던 내 삶에 집착이 생긴다. 아직은 아니라고 누군가에게 소리치며 말해보고 싶다. 사실, 죽는 것은 두렵지 않았다. 이 세상 짐을 다 벗고, 그리운 어머니에게 가는 길이라면, 그다지 두려울 것도, 아쉬울 것도 없다면서, 늘 죽음 앞에 당당하던 내가 아닌가?

12. 수술하러 병원에 가다

작은딸에게 내 병을 알리고, 암을 수술하기 위해 급히 병원에 들어왔다. 병원에서는 이것저것 검사를 하고 나서, 바로 다음 날 암 수술을 한다고 한다. 마침, 큰애네 안사돈의 소개로 그 병원의 유명한 좋은 의사분과 연결이 되어 급하게 수술하게 되었다. 다들, 한시가 급하다고 한다. 그렇지만, 내 사돈뿐 아니라, 담당 의사들도 다들 걱정하지 마시라고 한다. 예후가 좋은 암이라고 하니, 나도 마음을 놓고, 수술하기로 한다. 이 소식을 들은 큰애가 부랴부랴 미국에서 한국으로 나왔다. 내가 병원에 입원하러 가던 날, 아침에 겨우 국 한 그릇을 먹고, 미국에서 나온 큰애, 그리고 작은애와 마주 앉았다.

내 눈에서는 눈물이 차올라서, 눈앞이 뿌옇다.

"은별아, 은애야, 엄마가 정말 미안하다…. 내가 더 건강해서, 더 많이 너희들 도와주고, 힘이 되어 주어야 하는데…."

"엄마, 그런 소리 마세요. 우리가 이제 겨우 자리 잡아, 울 엄마 호강시켜 드리려고 하는데…." 하면서 작은 애가 울먹인다.

"엄마, 괜찮을 거야. 하늘이 그렇게 무심할 리가 없어! 어떻게 엄마한테 더 이상 나쁜 일을 주겠어요? 엄마, 아무 걱정하지 마세요!" 큰딸애가 아주 단호하게 말한다. 평소 눈물이 많고, 정이 많은 아이인데, 이번엔 다르다. 아주 마음을 단단히 먹은 듯이, 두 손을 꼬옥 쥐고 엄마의 보호자처럼, 의젓하다.

'그래…. 설혹 무슨 일이 있더라도, 이제 나는 마음 편히 갈 수가 있겠다….'

너무도 의젓한 내 아이들을 보니, 이제 수술을 앞두고 있지만, 내 마음이 편하다.

'착하고, 기특한 내 딸들아, 고맙고, 고맙구나…!'

내 두 딸을 데리고 어제 병원엘 왔고, 모든 수속을 마치고 이제 나는 환자 병실에서 대기한다. 두 딸이 내 손을 꼬옥 잡고 있고, 급히 달려오신 두 분 사돈이 내 옆에서 안절부절못한다. 내가 수술실에 들어가기 전, 나는 두 딸에게 몇 번이고 당부하였다.

"엄마에게 혹시, 무슨 일이 일어나도 너희들은 슬퍼하지 마! 엄마는 할머니 곁에서 편히 쉬는 거니까! 단지 너희들에게 엄마로서 미안한 것 외에는, 나는 이제 아무런 여한이 없단다. 은별아! 은애야! 내 딸들아…. 사랑한다. 그리고 고마웠다. 너희들이 있어서, 그나마 내 삶이 외롭지 않았고, 힘들어도 내내 견딜 만했다. 내 딸로 태어나 줘서, 정말 고마웠다! 너무나도 대견하고 기특한 내 딸들아! 사랑한다! 사랑한다! 내 딸들아…."

내 눈에서 눈물이 그렇게 정신없이 철철 흐르고, 나는 아이들의 꼬옥 부여잡은 두 손을 놓고, 홀로 수술하는 병원의 그 차가운 철제 수술대 위에 누웠다. 내 온몸이 긴장과 추위로 덜덜 떨린다.

'아…. 수술실 천장의 새하얀 등…. 너무 눈이 부시다.'

이런 생각을 하는데, 곧 마취과 선생님이 들어오시고, 나는 즉시 정신을 잃었다.

13. 다시 삶으로

'아, 여기는 어딘가? 온몸이 무겁고 아프다.'

수술실에서 수술을 받으면서, 내 입을 호흡기로 막아 놓아서 제대로 말도 나오지 않고, 혓바닥이 얼얼하다. 겨우 두 눈을 떠 보니, 여기는 회복실

이다. '아, 내가 살아난 모양이구나. 흑 흑…!'

내 눈에서는 뜨거운 두 줄기의 눈물이 흐른다. 그것은 기쁨도 아니고, 단지 안도였다. 어머니와의 가슴 아픈 이별로 나와 내 동생들이 겪은 그 슬픔을, 내가 다시 내 딸들에게 주기는 싫었다. 아직도 목에 먹먹하게 차오르는 내 어머니를 잃었을 때의 이 세상의 끝 같았던 절망, 그 어디에도 마음 둘 곳 없던 막막한 슬픔…. 그것을 알기에 내 딸들은 그렇게 슬픈 눈물을 흘리지 않게 하리라…. 마음을 굳게 먹었었다. 이제 며칠간 몸을 좀 추스른 후에, 나는 수술한 병원에서 비교적 간단한 항암치료를 받고 나서, 이제는 일반병실의 회복실로 간다.

저 병원의 창밖에는 알록달록 담쟁이가 꽃처럼 아름답다.
아직 온갖 낙엽들이 반만 지고, 반은 아직도 나무에
위태롭게 달려 있다. 나는 마치 나의 삶이 저 가을 나무
같다고 생각한다. 반은 낙엽으로 떨구고, 이제 겨울을
준비하며, 남은 낙엽을 위태롭게 매달고 서 있는 저 나무!
그나마, 아직 겨울 북풍이 오기 전, 그 아름다운 낙엽이라도
내 나무에 매달고 있음이 그나마 행복하다.

나의 두 딸이, 내 사위와 작은딸의 남자친구가, 그리고 새로 맞은 두 사돈이 저렇게 나를 걱정하고, 온갖 맛난 음식을 다 싸 오시고, 진귀한 과일과 좋은 간식거리가 내 병실의 냉장고에 가득하다. 게다가 병원장이 바깥사돈의 친구분이시라, 내가 특실에서 이렇게 VIP 대접을 받다니…. 이 무슨 호사인가?

'이 정도면 되었지, 내가 더 무슨 호강을 바랄까?'

나는 이제 곧 퇴원을 앞두고 있는데, 내 마음도, 몸도 편하다. 지나간 세월을 바라보니, 눈물과 절망만이 가득했어도, 내 작은 손에는 항상 어머니의 유산이었던 '희망'이라는 두 글자를 잊지 않고 살았다. 그것은 먼저 가신 내 어머니의 마지막 유언이자, 내게 남겨 주신 어머니의 '유일한 유산'이었다.

14. 내 사랑하는 두 딸아!

너희들이 있어서 지금 이렇게 내가 살고 있고,
앞으로 살아갈 힘이 된다. 이렇게 살아가다가,
이제 더 나이 들어 내 머리에 하얗게 서리가 내리면,
나는 주저 없이 내 어머니께 가리라…!
그곳에서 내 어머니를 만날 수 있다면, 그곳은 두려움이
아닌, 새로운 희망이기 때문이다.

이제 곧 퇴원하면, 다시 학원도 나갈 것이고, 이번에 그렇게 다정했던, 내 둘째 딸과 그 남자친구와의 아름다운 결혼도 서두르리라. 미국에 사는 큰딸에게는 빨리 아이를 낳으라고 종종 잔소리를 좀 할 것이고, 나는 일만 하던 나쁜 습관을 버리고, 다정한 내 친구들과 여행도 자주 가 보리라.
이제 다시 얻은 삶은 오직 나 자신만을 위해 써보리라!

내가 다시 사랑할 수 있다면, 누군가와 불꽃처럼 타오르는 사랑도 해
보고 싶다. 이제 늦가을, 다가올 겨울맞이에 마음이 바빠진다. 올겨울에
는 잘 익은 석류 빛처럼, 화려한 빨간 외투를 하나 장만하리라. 그리고는
눈 내리는 겨울, 카페의 창가 자리에 앉아 따뜻한 커피 한 잔을 시켜 놓고,
홀로 재즈 음악을 듣는 호사도 누려 보리라…. 그리고 발에 잘 맞는 따스
한 부츠도 하나 장만해야지! 눈 가득 쌓인, 아무도 밟지 않은 그 길을 나
혼자서 제일 먼저 밟아 보리라….

그리고는 사랑하는 내 딸들에게 전화를 걸어, 지금 엄마는 너무도 행복
하다고 말해 주리라! 텅 빈 가을이 지나고, 긴 겨울이 다가와도 나는 이제
더 이상 슬프지도, 외롭지도 않을 것이다.
마치 한겨울, 눈 속에서도 빠알갛게 피어난 슬프도록, 처연한 빛깔의
저 '동백꽃'처럼 말이다.

연보랏빛 고운 꽃이 피었습니다

한 사람을 사랑하다
· ·

프롤로그

  내 삶에 가장 소중한 한 사람.
내 아이들을 이 세상에서 만나게 해준 사람.
내가 아플 때, 나보다 더 걱정스럽게 나를 바라봐 주는 사람.
온몸과 정신의 고통으로 내가 지쳐있을 때, 내 손을 잡고,
같이 울었던 내 한 사람…

오늘은 그 사람과의 '오랜 사랑' 얘길 해 보려 한다.

1. 오랜 인연의 시작

'아…. 언제부터, 무엇부터 이 얘기를 시작해야 할까….'

  벌써 까마득한 세월의 강이 우리 사이에 흐르고 또 흘러서, 그 세월을
돌아보기가 아득하다. 참 오랜 인연의 시작이었다. 우리 만남의 첫날은
이제 까마득한 이전 시간으로 돌아가서 난 단발머리 나풀거리던 대학 1년

연보랏빛 고운 꽃이 피었습니다

생, 그 친구는 고 2였다. (우리는 거우 2살 차이, 누나라 하기에도 그렇지만 난 굳이 누나, 혹은 선생님이라 부르라 했다) 서울의 서대문구 연희동에 있는 연희대학교! 좋은 대학에 장학금으로 들어간 터라, 우리 엄마의 딸 자랑은 동네방네 하늘을 찔렀고, 우리 동네에 저 시골에서 새로 전학해 온 상진이에 집 식구들이 그 소문에 걸려든 모양이었다.

"우리 애가요! 시골에서 전학으로 왔지만, 학교 공부도 곧잘 하니, 전체적으로 좀 봐줘요! 특히 영작. 국어 작문. 따님이 글을 잘 쓴다면서요? 대학 학보사 기자라 하던데요?"

참 인상 좋으신 상진이의 어머님은 시골 종갓집 며느리답게 늘 모두에게 참 깍듯하신, 성격도 인품도 참 좋은 분이셨다.

그렇게 우리 과외는 갑자기 시작되었고, 그 첫날은 늦은 봄이었다. 5월의 나른한 오후, 저 길가에는 내가 좋아하던 하얀 목련이 뚝 뚝 떨어져, 땅바닥에 뒹구는 날이었고, 나는 목련이 땅에 다 떨어져 뒹구는 그 길가를 타박타박 걸어서, 우리 동네의 그 친구네 집에 닿았다. 날이 좀 더워서, 그때 나는 팔이 없는 노랑 원피스를 입었던 것 같다. 나중에 그 친구에게 들은 얘기로는, 내 첫인상은 마치 '노란색 수선화' 같았다고 하였다.

나와 그날 처음 만난 그 친구는 교복을 벗고, 흰 셔츠에 청바지를 입은 아주 상큼한 느낌이었다. 그의 얼굴은 이목구비가 뚜렷한, 시골에서 온 순진한 모범생…. 참 반듯한 아이였다. 꽤나 똘똘해서 내 말도 잘 알아듣고, 영작이며, 작문에 소질이 있어서 같이 재미있게 공부했다. 둘이 함께 깔깔거리며 세상 사는 얘기, 대학 얘기, 연애 얘기, 그리고 앞으로 살아갈 이야기 등등···. 그 친구는 너무 따뜻하던 아이였고, 어느 때는 늘 투덕거리던 내 남동생보다도 더 살뜰하였다. 내가 아픈 기색이 있으면, 얼른 약을 가져오고, 목마른 기색이 보이면, 알아서 물이나 주스를 챙겨 오던 아이···.

내가 낸 시제를 가지고 영작하고, 내가 답장을 쓰면, 그걸로 번역해서 쓰는 것이었는데, 이과생이면서도 참 영어의 문장이 수려했다. 그 외 수학과 과학도 잘해서 아마도 명문대 입학이 보장된 듯했고, 상진이는 내가 다니던 대학으로 오고 싶어 했다. 그렇게 1년을 붙어 지내다 보니, 우리는 서로에게 오누이 같은 정도 많이 들었다. "누나~~" 상진이는 때로 심쿵하게 달콤한 음성으로 나를 부르고 공부하다 말고, 나를 아련한 눈빛으로 보고 있기도 했었다. "나···. 대학 가면 누나를 수경 씨~~하고 불러도 되죠?" 빙긋이 웃으며 말하기도 하였다. 아마, 고교생에게 대학생 누나란 어른이 되기 위한 첫 로망인 게지. 나는 그런 그 친구가 귀엽고, 더없이 순수해 보여서 좋았다!

그러나 난 그때 이미 대학교에서 내 첫사랑을 만나서, 연애에 열중하였고, 상진이가 눈에 들어오지 않았다. 드디어, 같이 열심히 공부한 1년 뒤에 정말 상진이는 문제없이 우리 학교에 들어왔고, 내가 연애하던 선배와 같은 경영학과에 들어왔다. 대학교에서도 모범생인 그는, 글도 잘 써서, 나와 선배가 들어 있던 우리 대학의 '학보사'에도 들어왔고, 공부나 동아리 활동이나, 뭐든 열심히 한다는 얘길 들었다. 지금 생각해 보니, 가끔 교정에서 마주치던 그 친구는 늘 아련하게 나를 향해 웃곤 했었는데, 나는 그 웃음이 무엇인지를 알지 못했다. 아니, 나는 그 웃음에 무심했었고 일

연보랏빛 고운 꽃이 피었습니다

부러 모른척했었다. 그때부터 그의 마음속에는 나에 대한 사랑이 조금씩 자라고 있음을 나는 애써 모른 척하며, 우리는 각자의 길에서 나름의 꿈을 좇으며 바쁘게 살고 있었다.

2. 고향의 아름다운 추억들!

내 이름은 '신수경'이다. 내 위로 언니는 '신수진', 그리고 내 남동생은 '신수철'. 우리는 평범한 집의 3남매이다.

우리 집은 동네에서 별로 내세울 것 없는 평범한 집안이었고, 나는 이름조차 평범해서 우리 반에는 늘 수경이 2~3명 정도 있었다. 내 별명은 '신수'였는데, 그것은 신의 수학(?) 이런 뜻이다. 수학을 잘해서 붙은 별명이다. 나는 어릴 적부터 숫자가 좋았고, 숫자로 하는 모든 것이 좋았다. 그래서 학교 내의 모든 수학 경시대회를 독점했고, 교내 외에서 큰 상도 많이 받았다. 내 가장 어릴 적 기억은 온통 노란색이었다. 주로 개나리꽃과 유채꽃이 개천 주위로 만발한 기억들…. 그때 우리 집은 아버지의 직장을 따라 여기저기 많이 이사했기 때문에, 새 친구들을 사귀기가 힘들었던 나는, 늘 책을 보거나, 혼자서 산수 문제를 풀곤 했었다.

그 당시에는, 집 주위마다 항상 실개천이 흘렀는데, 동네 아이들은 여름이 되면 그곳에서 멱도 감고, 물장난을 치고 놀았고, 동네 아줌마들은 그곳에서 큰 이불 빨래도 했었던 기억이 난다. 그 주위에 지천으로 심겨 있던 노랑 개나리, 그리고 향기로운 유채꽃 무더기들…. 그리고 뾰족하던 유자나무의 가시, 늘 푸르던 사철나무, 분홍색의 벚나무 등등…. 꿈결같이 고운 빛깔의 그 길들, 그리고 그 향기! 나는 유년의 노랗고, 분홍의 기억이 가장 환하게 떠오른다. 노랑 개나리 핀 들길을 따라, 개천가를 혼자 노래를 부르며 걷던 기억들….

내가 저녁 먹을 시간에도 집에 오질 않고, 혼자 늦게 돌아다니는 바람에 나를 찾아서 온 동네 길거리를 엄마랑 언니가 나를 찾던 그 아련한 저녁 시간…. 그럴 때면, 집집마다 고소한 밥 짓는 냄새가 났었고, 아이들은 하나둘씩 엄마가 부르시던 자기 집으로 돌아가고, 나만 덩그러니 텅 빈 골목길에 남게 되었었다.

"수경아, 수경아. 저녁 먹어야지?"

연보랏빛 고운 꽃이 피었습니다

"경아. 경아. 어디 있어? 너 엄마한테 혼난다?"

그때 석양빛이 어슴푸레 분홍색으로 물들고, 차츰 주홍빛으로 물들더니, 이윽고 검붉게 될 무렵, 난 그제야 길게 움츠리며 대답한다.

"나…. 여기 있어, 집에 갈게…!"

왜 그랬을까? 그 어릴 적, 어린 내 마음에는 온통 슬픈 생각이 밀려왔고, 나는 눈시울이 붉어졌다. 노랑 개나리가 어둑해진 개천가에 지천으로 심어져서, 바람에 그 꽃잎들이 흔들리던 기억이 난다. 그 샛노란색 꽃잎들이 석양이 붉게 물든 저녁이면, 바람에 따라서 온 사방으로 흩어지고 있었다.

좀 더 커서는 나의 기억은 온통 하얀색이거나 혹은 분홍색이었을 것이다. 그 당시, 저 아래 지방에서는 울타리에 탱자나무가 많이 심겨 있었는데, 멀리서도 그 향이 너무 좋았던 것이 기억난다. 그 나무에는 뾰족한 가시가 있어서 방범에 좋았기 때문이다! 그래서 봄마다 '탱자나무꽃'은 천지에 하얗게 피어나고, 그 향은 새콤달콤했었다. 울타리 탱자나무 옆에서 난 하늘을 바라보면서 참 행복했었다. 아무 걱정도, 근심도 없었던 유년 시절…. 나는 그 꿈결같이 아련한 추억 속의 시간 속으로 저 멀리 뭉게구름을 보면서, 신비한 세계로 떠나거나, 내가 어제 읽은 동화 속의 여주인공이 되곤 했었다.

가을이 되어, 담장의 탱자가 노랗게 익어갈 때면, 모두가 새 학년으로 올라가고 나는 새로 사귀고 싶은 반의 친구들에게 탱자 열매를 주려고 따다가, 뾰족한 가시 때문에 "엉엉~~" 울었던 것이 생각난다. 그 당시의 나는 모든 향기 나는 꽃들을 좋아해서, 집 뒤뜰에 심겨 있던 하얀 치자꽃을 특히 좋아했다. 나는 그 강한 치자 향에 취해서, 저녁에는 밥도 먹지 못했던 날들이 많았다. 여자애가 치자꽃을 좋아하면, 인생이 슬퍼진다는 속설이 있어서 우리 엄마가 늘 나를 걱정하셨었다. 양 갈래로 곱게 땋은 머리에 하얀 치자꽃을 꽂고서, 학교엘 가곤 했었으니, 누가 보면, 미친 여자애라 했을까? 지금 생각해도 나는 우습고, 아주 당돌한 아이였다.

그때 내가 살던 도시에는 길가에 온통 큰 벚나무들이 많아서, 사람들이 벚꽃 구경을 하러 많이 왔었다. 봄이면, 그 화려한 벚꽃이 분홍색의 꽃망울을 터트리고, 4월의 바람결에 꽃비를 내리고 있었는데, 나는 그 잔가지를 꺾어 내 갈래머리에도 꽂고 다녔었다. 늘 사업 일로 바쁘신 아빠가 외부 손님을 많이 모시고 와서, 우리 집은 항상 번잡했던 것이 기억난다. 그분들은 꼭 우리에게 선물을 사서 오셨다. 맛있는 '과자 종합세트'며, 온갖 종류의 '문구 세트', 각가지의 음식 '선물 꾸러미'가 즐비했었다. 음식 솜씨가 좋으셨던 엄마는, 그런 재료들로 늘 맛있는 음식을 많이 만드셨고, 색색의 예쁜 보따리에 이것저것 싸서, 동네의 이 집, 저 집, 울 선생님 댁, 교장 선생님 댁, 새로 이사 온 집 등등, 늘 넉넉히 음식과 떡을 돌리던 기억이 난다.

실제의 나이보다 상당히 조숙했던 나! 아무도 없는 큰 집에서, 필요 없이 서재에 꽂혀 있던 온갖 책을 많이 읽어서, 어른들의 세계를 나 혼자 빨리 알았고, 어떻게 해야 어른들이 좋아하는지도 나는 빨리 알았다. 이상하게도 어릴 적부터 삶은 늘 내게 관대하였다. 무엇을 해도 늘 칭찬받고 내 주위에는 좋은 친구도 많았다. 더구나 살아가면서, 어려움을 한 번도 겪지 않았기에, 형편이 어려운 사람들을 진정으로 이해하기에 가슴속 사랑이나, 뜨거운 열정이 부족하여서, 나중에 전공을 따라 직업을 구하게 되었을 때, 나는 이 부분을 가장 많이 고민하게 되었었다.

'흠…! 삶의 공평함'이란 것은 바로 이런 것이겠지….'

인간 개개인의 삶에서, 혼자 겪어 내는 '기쁨과 슬픔의 전체 총량은 모두가 같다.'라는 이야기와 마찬가지이다.

3. 내 여고 시절의 꿈

그러다가, 나는 근처의 여자 고등학교로 진학하게 되었다. 전체 학생 중에서 단지 몇 명만이 그 동네의 중학교 근처가 아닌, 버스를 타고 가는 저 먼 곳으로 고등학교 배정을 받았고, 하필이면 내가 그 안에 들었다. 그렇다고, 고등학교를 옮길 수도 없고 해서, 여고 1학년 내내 나는 늘 불만에 차 있었는데, 다행히 1학년이 끝나고, 2학년이 되자 나는 큰 즐거움이 생겼다. 새로 국어 선생님이 오셨는데 시인이셨다. 당시 미혼의 시인 선생님~ 당연히 모든 여학생의 로망이셨고, 늘 줄담배를 많이 태우셔서, 몸이나 손에서 늘 담배 냄새가 났었지만, 나는 이미 콩깍지가 씌어서, 그 냄새가 마치 낙엽 태우는 냄새처럼 좋았다. 늘 우수에 찬 모습으로 옷도 멋지게 입으셨고, 쉬는 시간에 교무실에 가서 보면, 늘 담배를 입에 물고 계셨고, 혼자 고독하게 창밖을 내다보시는 것이었다. 그때부터 내 삶의 목표가 바뀌었고, 나는 그 선생님께 인정받기 위해 늘 글을 쓰거나 책을 읽으며, 내 여고 시절의 많은 시간을 보냈다.

그때 나는 글을 잘 쓰는, 좋은 '문예반 친구들'을 만났고. 그들과 시와 소설을 주제로 토론하고 나름의 철학을 피력하면서 우리는 그렇게 어른이 되어갔다. 그래서, 그 후에는 지겹던 내 학교생활이 내내 즐거웠고, 교내 글짓기 대회나 고전 읽기 대회, 그림과 함께 전시하는 시화전 등등, 이 모든 것이 내 차지였다. 그 선생님이 주관하셨으니, 난 내내 그 선생님 곁에 붙어서 시간이 흐르는 것도 잊고 살았다. 내가 선생님께 늘 편지며, 달달한 감정의 글을 배달하니, 선생님은 그냥 웃으시며,

"수경아! 그러면 네가 좋은 대학에 간 후에 보자!" 그는 나에게 따뜻하게 말씀하셨다.

'흠! 그렇지. 나도 대학엘 가야지!' 나는 다시 정신을 차리고, 그동안의 모든 사사로운 취미생활을 접고, 그 선생님에 관한 생각을 당분간 멀리하면서, 1년을 공부에 집중하니, 그럭저럭 남들이 말하는 명문 대학에 입학하였다. 드디어 그렇게 바라던 나의 꿈 많던 대학 생활이 시작되었고, 그날은 우리 대학교 교정에 노란 개나리가 길마다 언덕마다 흐드러지게 핀 봄날이었다. 난 학교 앞 미용실에서 어른스럽게 파마하고, 새로 맞춘 옷에 뾰족구두까지 신고, 큰 꽃다발을 들고서, 그리운 선생님을 뵈러 갔다. 가슴이 두근두근한다. 아! 누군가를 만나는 그 순간이 이토록 설레는 일인지….

'아…. 그때 다시 선생님을 뵈지 말 것을…!' 나는 내내 그 일이 후회로

연보랏빛 고운 꽃이 피었습니다

남게 되었다. 너무 작아 보이던 고등학교…! 내가 학교에 다니던 3년 내내 몰랐었는데, 내 고등학교는 너무 작고, 보잘것없었다! 마침, 고교 3년 내내, 나의 가슴속에서 '첫사랑의 추억'으로 아름답게 그려졌던 국어 선생님은 교무실에 혼자 계셨는데, 그날따라 왜 그리 후줄근한 옷차림에 검정 슬리퍼를 신고 있으신 선생님! 그의 얼굴에는 수심이 가득하시고, 피곤함이 역력해 보이시던, 선생님께서는 나를 보시고는 반갑게 손을 흔드셨다. 나도 반갑게 인사를 드리고 준비한 큰 꽃다발을 건네 드리고, 대학 생활에 대한 조언을 들으며. 이런저런 얘기를 나누었다. 그러나 그 선생님을 뵙고 돌아오는데, 그 실망감이란, 이루 말할 수가 없었다. 대학 입학 후, 그 몇 달 새에 이렇게 변한 내 마음에 나도 놀랐다. 늘 사모하던 국어 선생님에 대한 내 마음이 이토록 보잘것없었음에, 나도 스스로 놀라며, 눈물이 핑~~ 돌았다.

그러나 너무 바쁜 여대생이 된 나는 '아! 그렇지만…. 이건 아니지 않나?' 하면서 결국, 며칠 새에 고교 시절의 선생님에 대한 맘을 접고, 옆 학교 선배들과 하는 동아리에 들었다. 대학 동아리에 들고, 학과 수업에, 미팅에, 매우 바쁜 나날을 보내는 나에게 어느 날, 동네의 아주머니께서 개인 과외를 주선하셨다.

"수경아! 우리 옆집에 저 먼 시골서 전학해 온 학생이 있는데, 굉장히 모범생이지만, 시골에서 전학해 와서, 처음엔 좀 힘이 들 거라면서…. 네가 좀 도와주면, 좋겠다는데…?"

"아! 네에. 그렇게 하죠, 마침 저도 과외로 수업받을 학생을 찾고 있었어요. 호호호! 감사합니다!"

그렇게 해서, 나는 우리 옆집에 전학해 온 그 아이를 만났다. "안녕하세요? 김상진입니다." "응, 안녕? 난 신수경. 연희 대학 1학년이야. 넌 고2라고? 호호! 반가워…. 우리 잘해 보자!"

우리는 이날부터 같이 과외를 시작하게 되었다. 상진이는 매사를 열심히 하는 친구였다. 항상 그의 두 눈은 반짝거리고, 새로움에 마음을 열던 친구였다. 난 그때, 이미 대학교 서클에서 만난 선배를 사랑하게 되어서, 상진이의 마음에는 신경을 쓰지 못했다. 아마 상진이가 나를 마음에 둔 것이 바로 이때부터라고 했던가? 그 아이를 처음 만나는 날에, 나는 노란 스웨터를 입었는데, 그 모습이 마치 활짝 핀 동산의 '노란 개나리' 같았다고, 혹은, 어느 봄날에 활짝 핀 봄꽃 사이를 나르던 '한 마리의 새' 같았었다고…. 내 첫 번째 제자인 상진은 늘 말하곤 했었다.

연보랏빛 고운 꽃이 피었습니다

나의 누나에 대한 이 맘이 진정 사랑이라면.
그 사랑은 진흙 속에서도, 아름다운 꽃을 피우겠지요!
폭풍우 속에서도 평안한 안식이고요.
이 전쟁 같은 삶에서도, 순결한 비둘기이겠지요~
내 맘이 누나에게는 한낱 일상일 뿐일지라도.
누나가 늘 바라보는 그 하늘에 아름다운 햇살이고,
눈물겨운 석양이며, 안식 같은 구름일 겁니다.
나는 누나를 정말 좋아했어요! 아시죠?
부디 힘든 유학 생활, 잘 마치고 오세요.
그리고 멀리서 늘 응원하는 저를 기억해 주세요!
하루속히, 누나를 뵙는 날이 오기를 기도할게요!

　누나의 제자, 상진 올림

===

4. 그해의 가을이었다

　우리 대학에는 가을마다 큰 축제가 있었는데, 당연히 나는 내 남자친구
랑 가기로 하고, 마침 신입생인 내 친구 여동생이 파트너가 없다고 하여,
내 제자인 '상진'을 소개해 주었다. 그녀는 집안도 좋고, 상진을 많이 좋아

해서 둘이 제법 예쁘게 연애했고, 여자 측에서 결혼을 서둘러서, 결국 그 둘은 몇 년 지나 성대하게 결혼까지 했다고 들었다. 그 후, 둘이는 일본으로 유학을 떠났다고 하던가…. 난 남자친구와 대학 4년간을 열렬히 연애했지만, 결국 이런저런 현실의 벽에 부딪혀 결국 헤어지고, 그 이별의 상처로 나 홀로 힘든 '미국 유학길'에 올랐다. 마침 언니가 유학을 가 있어서 미국의 유학 절차는 쉬웠다. 나는 그곳에서 힘들게 공부하고, 남는 시간은 아르바이트하며 힘들게 학업을 이어가고 있었다. 미리 언어를 준비하지 못해서 수업과 과제를 해 내는데 많은 부담이 되었다. 물론, 내 옆에도 이런저런 남자친구가 있었지만, 나는 그 누구에게도 사랑을 느끼긴 못했다. 너무 외롭고, 힘든 유학 시절은 정말 악몽 같았다.

그러던 어느 날이었다. 아침에 무심코 집어 든, 한국의 일간신문에 〈한국의 대기업 직원 채용 공고〉가 신문에 실렸다. 나는 이 지겹고, 악몽 같던 미국 생활을 정리하고자, 얼른 취업 채용 서류를 냈고, 3차 면접에서 최종적으로 합격하였다. 나는 한국 본사를 지망하였고, 드디어 본사의 결정이 내려와서 꿈에 그리던 내 고향, 한국에 대기업의 직장인이 되어 다시 나가게 되었다. 대기업의 한 계열사였고, 규모가 큰 회사의 인사부에 취직이 되었다.

[Human Resources Team]

조직관리, 인사평가, 신입사원 교육 담당…. 내가 심리학과 교육학을 한 것이 적절히 이용되는 부서였다. 그곳에서 여러 부서의 사람들과 더불어 하는 일도 재미있었고, 무엇보다도 이젠 혼자서 내 생계를 책임져

연보랏빛 고운 꽃이 피었습니다

야 했기에, 그 회사는 내게 생명줄과 같았다. 나는 정말 열심히 일했다. 때로 휴일까지 반납하며 일한 덕분에, 나는 대리까지 고속으로 승진했고, 인사팀 부팀장이 되었다. 20대의 후반을 다 바치고 얻은 회사의 부팀장 자리…. 내 남자 동료들은 빨리 과장으로 승진도 하였지만, 난 올드미스로 많은 일을 혼자 감당하고 있었다. 나는 어느새 여자 나이 서른을 넘기는 나이가 되었다. 나는 대한민국의 한 여성-미혼의 인사팀 대리로 직장에서는 미운털 박히는 나이였다. 내가 생각해도 내 삶을, 내 시간을 도둑맞은 듯했고 서른이 되면서부터, 다람쥐 쳇바퀴 도는 듯한 내 삶에 회의가 조금씩 찾아왔다. 다시 따분한 하루가 시작되는 어느 날, 누군가 특채로 온다고 인사팀의 서류가 중앙 본부에서 내려왔다.

"뭐…? 아니, 저런…~!!!"

도대체 믿을 수 없는 일이 나에게 일어났다. 일본에서 잘 사는 줄 알았던 상진이가 우리 회사에 부장으로 온다는 것이다. 상진이의 1년도 안 되는 짧은 결혼 생활과 그의 이혼 후, 일본에서 그곳의 큰 회사에 다닌다는 얘길, 건너 건너 들었었다. 그 상진이가 우리 회사 부장으로 특채 발령이 난 것이다. 내 제자 상진이…. 그는 나에게 늘 응원과 사랑의 편지를 보냈었고, 결혼 전날에도 나에게 전화를 걸어왔었던 상진이었다. 사실, 그의 짧은 결혼 생활에, 늘 죄책감이 들었던 것도 사실 나였다.

[경영지원 팀장 김상진 부장]

"어머? 이게 누구야?" 그 순간! 내 심장이 멎는 줄 알았다. 나도 모르게 큰 소리로 놀라움을 표시하고 말았다.

'저런…. 상진이네!! 사진을 보니 영락없는 그 친구네? 흠…!! 이게 무슨 운명의 장난인가…?'

사실, 늘 나에게 애틋하던 그 아이가 가끔은 생각이 나기도 했다. 내가 홀로 유학 생활이 힘들어 혼자 방에서 울 때마다, 누군가의 따뜻한 위로가 필요할 때마다, 내 손을 잡아 줄 사람, 그리고 따뜻하게 안아줄 사람이 필요할 때, 이상하게 옛 연인이 아닌 상진이가 생각났었다. 늘 따뜻하던 그 아이가 생각나고, '그때 그 아이 손을 잡을 것을…!' 나는 내심 후회도 많이 했었다. 나를 따라다니던 내 제자, 상진이가, 늘 나를 아련하게 바라만 보던 그 아이가 부담스러워서, 내 친구 동생을 꾸역꾸역 만나게 하고, 옆에서 바람을 넣어 결국 결혼까지 하게 만들었는데, 그들의 안타까운 파경 소식을 나도 내 친구에게서 들었다. 그 친구의 밀리듯이 급히 한 결혼, 그리고 이혼…. 사실 나에게 일말의 책임이 없지는 않았다. 바로 결혼 전날! 상진이가 미국에 있던 내게 몹시 가라앉은 목소리로 전화가 왔었다.

"누나…. 나 이 결혼 정말 해요? 나는 정말 자신이 없는데요?"

"왜? 네가 선택한 거잖아? 혜선이가 널 얼마나 좋아하는데? 상진아! 결혼 전에 누구나 맘이 흔들린단다…!"

"누나…. 정말 내 맘을 몰라서 그러는 거예요…?"

그렇게 결혼하라고 적극적으로 등을 떠밀어 결혼하게 하고, 또 그 둘이 잘 살지 못해 늘 삐걱거린다는 소리를 듣고, 나 또한 먼 이국에서 힘들게 삐걱거리는 삶을 살아내고 있었다. 내 제자상진을 생각만 해도 왠지 나는, 명치 끝 가슴이 아려오고, 나 자신의 현재 모습을 생각해도 참 어처구니없는 삶이었다. 우리는 왜 이렇게 어긋난 이런 모습으로 이렇게 늦게 만나게 되었을까?

　'그런 상진이가 내일 이곳에 온다니….'

　나는 상진이가 온다는 사실이 너무 신경이 쓰여서, 어제 밤새 잠을 설치고 나왔다. '에구머니…. 오늘따라 얼굴이 왜 이렇게 칙칙해 보이지? 어젯밤에 마사지라도 할 것을…. 오늘따라 옷은 왜 이렇게 꽉 끼고 답답한 거지?' 내가 늘 입던 검은색 정장과 단순한 블라우스, 늘 신입사원 인터뷰나 직장 내의 문제 있는 사람을 만나야 하기에, 회사에서의 내 차림은 늘 이렇다. 검은색. 감색. 회색. 그리고 베이지색 슈트. 철철이 갈아입을 흰 블라우스 몇 개. 간단한 액세서리. 낮은 굽의 단화 몇 개가 전부이다. 내 마음속에 많은 소리가 울린다.

　'아…. 마음이 너무 복잡하다.'

　그의 짧은 결혼, 그리고 이혼 후 상진이가 혼자 일본에 남아 있다가, 한국으로 다시 돌아왔다는 소식은 친구를 통해 들었다. 워낙 일어를 잘해서, 금방 경영학 석·박사를 따고, 일본계 유수한 회사를 다 마다하고, 굳이 우리 회사를 선택해서 온 것이다. 그 상진이가 우리 회사 부장으로 특채 발령이 된 것이다. 상당히 공을 들여 그를 우리 회사로 모셨다는 후문이 있었다.

5. 이윽고, 그가 오는 첫날이다

나는 아침에 회사 앞 커피점에서, 막 로스팅한 커피를 갈아서 드립 하기를 기다렸다가, 커피 한 잔을 사서 들고 왔다. 그것이 매일 아침, 유일한 내 기호품이다. 내가 유학 시절, 미국에서 마셨던 그 커피를 잊지 못해, 가장 비슷한 커피를 찾아내어 마시곤 하였는데, 오늘 그 커피 한잔을 오랜만에 만나는 상진이에게 주려고 하나를 더 달라고 하여 가져온 것이다! 상진이가 출근하는 〈경영지원팀〉은 마침, 우리 인사팀 옆 부서였고, 그 경영지원팀의 가장 뒤편에 큰 통유리로 지어진, 그의 멋진 사무실이 있다. 그의 이름이 벌써 화려하게 문 앞에 새겨져 있고. 난 벌써 그 앞에서 주눅이 든다. 그의 책상 위엔 벌써 화려한 꽃다발이 몇 개. 띠를 두른 화분도 몇 개나 놓여 있다. 그 책상 앞에 내가 사 온 커피를 놓으려다, 차마 그 앞에 못 놓고 다시 내 자리로 돌아와서, 내 앞자리에 앉은 후배-미스 김에게 건네주고 만다.

"아…. 선배님. 감사해요. 호호호!"

늘 매사에 밝고, 즐거운 미스 김이다. 그녀는 회사에 정말 목숨 바쳐 일한다. 지방 대학 출신이라, 첨엔 고생이 많았다지…! 그녀는 이제 자리를 잡아, 인사팀의 가장 측근에서 나를 돕고 있다. 곧 임원 회의를 마치면, 상진이가 이 건물로 올 테고, 나와 마주치겠지!

'아…. 상진을 처음부터 어떻게 바라보아야 할지!'

벌써 내 가슴이 두근두근한다. 이윽고 엘리베이터 문이 열리고 비서 한 명이 뛰어나와 그가 들어오려는 큰 유리문을 연다.

연보랏빛 고운 꽃이 피었습니다

'에고…. 무슨 호들갑이람!!' 나는 그의 화려한 첫 행차가 영 맘에 들지 않았다. 첫인사를 어떻게 해야 할지, 나 스스로 이런 상황이 너무도 난감하였다.

이윽고, 내 제자 상진이가, 불쑥 내 앞에 다가선다. 나는 눈을 들어서 내 앞에 서 있는 그를 본다. 여전한 상진이다. 얼굴엔 늘 그랬듯이 환한 미소가 가득하다!

"아…. 김 부장님…! 아. 안, 안녕하세요?"

그렇게 신경을 쓴 첫마디였는데, 내가 말을 더듬다니! 말을 잘해서. 회사 내의 아나운서로 자리매김한 내가 아닌가? 상진이가 밝은 목소리로 말한다.

"네…. 반갑습니다!! 신수경 대리님. 잘 부탁드려요!"

'아니. 그의 환한 얼굴에 웃음기라니? 게다가 눈을 찡긋? 저런…. 이제 나를 갖고 놀아라!'

늘 내 마음에 들려고 노력하던 내 제자…! 수줍게 내게 마음을 전하던 내 후배, 상진이가 나의 상사가 되어 나보다 한 수 위에서 여유 있게 날 대하고, 난 이렇게 그의 앞에서 전전긍긍하고 있다니…. 세상에…. 이럴 수가 있는가? 나는 자존심이 상하고, 이런 내 처지가 너무 한심해서. 눈물이 핑 돈다. 아…! 하루가 어떻게 지났는지 모르겠다. 오늘, 나의 하루는 전쟁 같았다. 늦은 퇴근 준비를 하는 내게 "따르릉" 문자가 날아온다. "누구일까? 이 늦은 퇴근 시간에…?"

```
=============================
```
[수경 누나] 아까는 놀랐죠?

하하! 누나 놀란 얼굴이 압권.

누나는 예전 그 대로던데요?

퇴근하고 저랑 한잔해요, ㅎ

먼저 나갈 테니, 저를 따라 나오세요~

(김상진입니다.)
```
=============================
```

어느새 퇴근 시간이 되었다. 상진이가 나에게 눈을 찡긋하고 먼저 내려간다. 나는 얼른 책상을 박차고 일어난다.

"미스 김!! 나 먼저 갈게. 마저 정리 좀 잘 부탁해~~~"

아…. 웬일인가? 내 목소리는 피곤한 업무 끝에도 활기가 넘치고 있었다. 그의 차를 타고 도달한 곳. 늘 상진이가 나를 기다리던 학교 앞 카페이다. 익숙한 그 커피숍에서 우리는 한참을 마주 보았다. 그리곤 동시에 크게 웃었다.

"호호!! 넌. 거기서 잘 살지. 왜 귀국했니?"

"하하!! 누나…! 저도, 이제 싱글이 되었어요. 몇 년 됩니다. 그사이 공부 마치고, 이젠 나도 새 삶을 찾고 싶어요."

"아. 그래야지. 그런데 어쩜 이런 인연이 있니? 어떻게 내가 근무하는 회사로 오게 된 거니…?"

상진이가 한국의 내 친구들을 수소문해서, 내가 다니는 회사를 알게 되

연보랏빛 고운 꽃이 피었습니다

었음을 한참 후에 알게 되었다. 우리는 우리를 이어주는 긴 인연의 힘에 놀라고, 이렇게 예상치 못한 새로운 만남에 기뻐하면서, 순식간에 세월의 흐름을 역행하고 있었다. 어느새, 우리는 다시 대학생이 된 듯했다. 상진이와 나는 카페에서 가볍게 식사하고, 다시 생맥주를 마시러 갔다. 이곳은 그전에 우리가 자주 만나서, 같이 시원한 생맥주를 마시던 곳이다.

"어머…. 이곳은 별로 변하지 않았구나!" 그때와 비슷한 종류의 음악이며, 그때 그곳의 냄새…. 오래된 담배 냄새가 생맥주 냄새와 어우러져 나는 특유의 향기, 그리고 여전히 오래된 나무 탁자들과 푹 꺼진 의자들, 오래되어 스크래치가 난 듯한 레코드판들, 오래된 나무 장식들과 여전히 젊은 학생들이 높은 톤으로 대화하는 소리…! 단지 달라진 것은 이제 우리가 10년 세월을 건너왔다는 것, 그리고 이곳엔 그때 우리 나이 또래의 대학생들로 가득하다는 것, 그리고 우리 옆에 이제는 아무도 없다는 것이다.

"누나, 선배님과 아프게 헤어졌다는 소식 들었어요. 그래서 편지 보냈는데, 누나는 내게 답장도 없으셨고요."

"그래. 너무 내가 경황이 없었지. 그리고 딱히 네게 할 말도 없었단다."

"늘, 명절 때마다, 그리고 누나 생일마다, 나는 늘 축하 카드를 썼어요. 또 선물도 샀지만, 차마 누나에게는 보내지 못했어요."

사실, 상진이가 그의 아내와 같이 살면서 이런 마음을 갖게 한 나는, 후배-혜선이(상진이 아내)에게 정말 미안했다.

'사실. 그래서 네게 답장도 못 쓴 거야….' 나는 상진이 모르게 속으로만 말하였다.

"전, 누나 미국 가시고, 얼마 후에 곧 일본으로 유학하러 가서 공부 좀

더 하고. 이번에 귀국해서 곧장 이 회사로 복귀했죠." "아…. 그래. 난 전
혀 몰랐지."

우리는 그동안 살아온 얘기를 하느라, 시간 가는 줄 몰랐다. 이렇게 시
간이 빨리 흐른다면, 금방이라도 우리는 노인이 될 것 같았다. 오래전 알
던 그 인연이 이렇게 이어지다니…! 나는 새삼스럽게 내 제자였던 상진을
오래오래, 새삼스럽게 바라보았다. 늦은 맥주 탓으로 어젯밤에는 잠을 잘
이루지 못하고, 그다음 날 업무를 시작하려는데, 내 책상 위에 작은 약봉
지 하나가 있다. 그것은 [컨디션과 위장약 한 병]이었다. 아직도 기억하나
보았다. 내가 위장 상태가 안 좋아서, 늘 위장약을 달아 놓고 먹었는데, 특
히 학교 내의 단합대회 다음 날이면, 과외로 일하러 상진네 집에 가서 먹
었던 약들이다.

'상진아, 고마워….' 나는 마음속으로만 생각하는데, 뭔가 속에서 울컥
한다. 나를 위해 누군가가 약을 챙겨준 것이 얼마 만인지 모르겠다. 그에
게는 점심 후, 내가 좋아하는 커피점에서 겨우 핸드 드립 커피를 한잔 사
서 건네었다. 그 당시, 나에게 최고의 호사가 바로, 이 커피 한 잔을 들고
와서, 조용히 회사의 옥상에서 그것을 마시며 즐기는 것이었다.

==

수경 누나!
*누나가 제 선생님이 되어 주서서 너무 감사해요. ^^*
저는요, 누나를 알게 되어서 정말 행복해요.
나, 꼭 누나 다니는 그 학교에 갈 거예요.

연보랏빛 고운 꽃이 피었습니다

*그럼 그땐 '누나' 말고, '수경 씨'라 부를게요. ^^*

같이 밥도 먹고, 커피도 마시고, 음악다방도 가고.

얼마나 멋질까요? 누나랑 더불어 같이 할 학교생활.

너무 기대돼요, 누나~~♡♡

누나, 나를 기다려 주세요? 몇 달이면, 나도 그 학교 갑니다.

"MERRY CHRISTMAS AND A HAPPY NEW YEAR~^^"

===

6. 나는 인사 2팀의 만년 대리

그는 경영 팀 총괄부장인데, 곧 부서 내의 이사 자리를 약속받았다고 하였다. 늘 회사 내에서는 미팅이 많았고, 바깥 외근도 많았었다. 그를 찾아오는 사람도 얼마나 많던지…. 그는 늘 늦게 퇴근하고, 아침엔 일찍 나와 있었다. 나도 정신없이 매일 매일을 전쟁처럼 치르며 회사 생활을 하고 있었다. 왜 그렇게 바쁜지, 정신없는 나날이었다. 나도 차라리 바빠서 다행이라고 생각해 본다. 서로가 회사에서는 서로 거의 마주칠 일도 없었고, 매일 손님을 만나는지, 상진은 사무실을 많이 비운다. 갈수록 날이 시원해진다. 부쩍 가을을 타는지, 나는 요즘 왠지 마음이 심란하다. 특히 '보름달 증후군'이 있는 나는 보름달이 다가오자, 마음이 몹시 심란하고 온몸이 아파져 온다. 오늘 아침에 우연히 출근길에 상진을 보았다.

"누나, 몸이 안 좋아요? 얼굴이 영 아닌데?"

"응. 요즘 바빠서 그래…." 당황한 나는 그의 얼굴을 외면하며 말끝을 흐린다.

"오늘 저녁 시간, 한번 내어 보세요!!"

"오늘? 저녁에? 아…! 그럴게. 호호."

나는 갑자기 얼굴에 화색이 도는 듯하다. '아…! 이 모든 우울함의 원인이 상진의 무관심 때문이었나?' 이렇게 내 마음이 움직이는 것에, 나 자신도 갑자기 놀랍다.

'아…! 내가 상진이에게 너무 많은 기대를 했구나….'

오후의 일과 시간이 왜 이렇게 더디 가는지…! 오후 내내, 시간을 보면서 겨우 일과를 마치고 나니, 이제 7시가 되어간다. 나는 빨리 오늘의 일을 마저 정리하고, 화장실에서 얼른 화장을 고친다. 얼굴은 좀 뽀얗게 해 보고, 입술은 루주를 빨갛게 발라보고, 두 눈은 좀 깊어 보이게 블루 펄을

연보랏빛 고운 꽃이 피었습니다

바르자…! 오랜만에 은은한 향수도 좀 뿌려 본다.

'흐음~~ 얼마 만의 설렘인지? 이렇게 정성을 들여 화장을 고치는 것도 오랜만이네….'

내가 그에게 여자로 보이길 원한다는 것! 자신이 그렇게 노력한다는 것이 우습기도 하였고, 이런 나 자신이 스스로 놀랍기도 하다. '어머. 나 심장병인가?' 두근거리는 가슴을 진정시키며, 나는 혼자 웃는다. 저 멀리에 보니, 상진이 벌써 정문 앞에 차를 대기하고 서 있다. 나는 누가 볼까 봐, 얼른 차에 올라탔다.

"어머! 누가 보면 어쩌려고? 정문에 차를 대었어?"

"하하, 누가 보면 어때서요? 수경 누나인데…? 뭘요?"

'아…! 내가 좀 지나치게 예민한 건가?' 나는 그 순간, 너무 머쓱하다. 내가 지나치게 신경을 쓰고 있음이 분명하다!

"우리, 어디 갈까요? 먼저 식사?"

"그래, 간단히 먹자."

"누나! 식사 후엔 무슨 하고 싶은 거라도…?"

"응. 얼마 전 친구가 자동차 극장에 다녀왔는데, 너무 좋았다고 하더라."

"아, 그래요?? 좋겠네요…! 마침 날도 시원하고. 하하."

나와 상진은 간단히 식사하고, 30분 거리의 자동차 극장에 갔다. '저런! 오늘이 보름날인가?' 저 멀리에 구름 속 달이 얼굴을 내민다. 희고 밝은 보름달이 저 멀리에 떠 있는데, 나는 왠지 울렁거리는 마음을 주체할 수가 없다. '아. 보름달!! 오늘 아무 일이 없어야 하는데….'

우리 둘이는 자동차 극장의 좋은 자리에 차를 세웠다. 간간이 상진은 담배를 피우러 갔는데, 웬일인가! 사실 나는 평소에 담배 냄새를 좋아하지 않았는데, 그의 담배 냄새는 달랐다. 상진이 담배를 피우고 오면, 그에게선 낙엽 태우는 쌉쌀한 냄새가 나곤 했다. 우리 눈앞에 대형 스크린이 펼쳐지고, 그 스크린 뒤로 구름이 간간이 머물다 간다. 너무 희한하다. 근처에 산이 좀 있기는 하지만, 스크린 뒤로 흰 구름이 걸리다니? 더구나, 그 구름 사이로 유난히 희고, 밝은 보름달이 간간이 얼굴을 내민다.

'아. 어쩌면 좋으니? 어쩌면 이런 날…!' 나는 가슴이 너무 설레고 처음와 보는 자동차 극장의 큰 화면, 그리고 잔잔히 깔리는 음악이 가득한 이 좁은 공간에 그와 함께 있다니…! 이 풍경, 이 설렘, 나는 마음속으로 자신에게 말한다.

'아, 수경아! 너, 도대체 어떻게 할 거니…?'

드디어 영화가 시작되었다. 마침 상영되던 영화는 '잔잔한 멜로영화'였다. 수채화 같은 그 영화가 너무 아름다워서, 나는 눈물이 나오려 한다. 배경도 우리가 학교 다니던 때, 그때 만난 인연이 이런저런 사건으로 서로 맺어지지 못하는데, 결국 우여곡절 끝에 다시 극적으로 만난다는 얘기다. 상진도 그 영화의 스토리에 가슴이 먹먹한지, 잠시 말이 없다.

'너무 우리의 지난 이야기 같다'라고, 나는 생각한다. 그때였다. 상진이가 손을 뻗어 나의 작고, 차가운 손을 꼬옥 잡는다. 이전에 과외로 일할 때 그를 가르치다 보면, 가끔 손을 가까이할 경우가 있었는데, 그럴 때면, 상진이가 내 손을 잡고선 놓지 않아서, 내가 막 그의 등을 때린 적도 있었다.

　　　　　　　　　　연보랏빛 고운 꽃이 피었습니다

어느 때는 갑자기 상진이가 내 손등에 키스하려고 해서, 내가 질색을 하며 손을 급히 빼고 "너!! 어쩌려고…?" 하면서 상진에게 정색하고 야단을 친 적도 있었다.

이제 이렇게 세월이 지나, 그는 내 손을 가만히 잡고, 나는 그 손길이 너무 감동스러워서 울컥해진다. 그 남자의 하얗고, 가느다란 그 손가락, 따뜻하고 말랑거리는 그의 감성적인 손…. 내가 그렇게 잡고 싶었던 상진의 따뜻한 손이었다. 때마침 보름달이 저 멀리에서 구름 뒤로 하얗게 부서지고 있었다. 영화의 엔딩 음악이 차 안에 퍼지고, 우리 둘은 손을 잡은 채, 먹먹하게 그 음악을 듣고 있었다. 이렇게 낭만적인 순간에는 그냥, 이 세상의 모든 게 이대로 정지되었으면…! 하는 마음이 된다.

'아…! 오늘이 바로 그런 날이었다!'

7. 다시 사랑의 시작인가?

정신을 차리고 우리 둘은 얼른 감정을 수습한다. 시간은 벌써 밤 10시가 되었다. 상진이 나를 집 앞까지 바래다주면서 상냥하게 말한다.

"누나. 조심히 가세요."

그가 미소 띤 얼굴로 수경에게 말한다.

"그래. 너도…. 조심해서 가? 오늘 고마웠어!"

그렇지만 이 말을 하는데, 나는 왠지 기운이 없다. 이게 뭘까? 왠지 바람 빠진 풍선 같은 기분…? 잔뜩 바람이 들었던 분홍색의 풍선 하나가 바람이 빠져서, 허무하게 저 멀리 하늘로 둥둥 떠다니는 듯하다. 환한 보름밤이 깊었고, 나는 이런저런 생각에 뒤척이다가 겨우 잠이 들었다.

그렇게 나는 나대로, 상진은 상진대로, 회사 일이 바빠서 어색한 우리 사이의 시간은 생각할 겨를도 없이 몇 주간의 시간이 지났다. 마침, 회사의 큰 행사로 〈신입사원 연수회〉가 있었는데, 그 모임은 지방의 회사 연수원에서 열린다. 임원진 중 한 명, 혹은 유명한 외부 강사를 초청하곤 하는데, 이번에는 일본의 최신 트렌드를 설명할 '김상진 부장'을 강사로 하라는 명이 본부에서 떨어졌다. 아…! 그때부터였다. 내 맘이 알 수 없이 설레기 시작한 것은…. 아마도, 그와의 사적인 만남을 염두에 두어서겠지….

그렇게 며칠을 열심히 준비하였고, 이 연수회에 너무 신경을 쓰는 나에게 후배 미스 김이 웃으며 말한다.

"신 대리님, 이상하신데요? 보통 저한테 대충 맡기시는데, 요번엔 다 직접 하시네요? 호호호."

"아, 그런가? 김 부장님이 내 직속 후배라 그런지 신경이 쓰이네. 호호! 미스 김아! 특별히 잘 좀 부탁해…!"

나는 왠지 모를 부끄러움에 대충 말을 얼버무린다. 드디어 우리 팀에서 오래 준비하고, 기다리던 그날이 왔다. 연수원 내에서 참석한 모든 직원은 다 같이 녹색의 연수원 복을 입는다. 강사님은 정장 차림, 인사팀의 스텝들은 일반 연수복과는 조금 다른 진녹색의 연수원 복을 입는다. 나는 이 옷차림이 갑자기 촌스럽게 느껴진다. 나는 옆자리의 미스 김에게 말을 걸어 본다.

연보랏빛 고운 꽃이 피었습니다

"에구…. 이 옷은 너무 촌스러워…! 어쩜 이리도 색깔이 촌스럽니? 마치 새마을 운동하는 시골 사람들 같아!" 여태껏 한 번도 생각지 못한 푸념이, 내 입에서 터져 나온다. 회장님 인사 등을 마치고 나서, 강사님 소개 후에 드디어 상진이가 강단에 올랐다. 아무래도 공부도 잘하고 언변도 뛰어났던 친구라, 그 카리스마가 남달랐다. '흠…. 지금 내 앞에 서 있는 사람이 바로, 그 옛날의 상진이가 맞나?' 잠시나마 내가 그의 과외 선생님이었던 것이 몹시 자랑스럽다. 나는 단상에 오른 상진을 새삼스럽게 올려다 바라보았다.

오후 5시에 연수원의 모든 일정이 마치고, 이제 마지막 저녁 식사는 연수원 내의 구내식당에서 주로 한다. 전체 프로그램의 담당자인 내가 먼저 강사님으로 앞에 섰던 상진에게 다가가 묻는다.

"저…. 김 부장님, 식사는 여기서 하십니까?"

"아, 신 대리님! 오늘 저녁엔 시간이 되세요?"

"아. 네에, 저녁엔 자유롭습니다."

"우리 같이 나갑시다, 한 30분 후에 밖으로 나와요. 내 차로 이동하게요."

나는 이 말을 듣고는 마음속이 파도치듯이, 울렁거린다.

'아. 드디어 올 것이 왔다!!'

사실, 나는 이번 연수원에 오기 전에, 미리 이런 만남을 염두에 두고서, 내가 가진 것 중 제일 좋은 검정 원피스와 흰 카디건, 진주 귀걸이와 목걸이를 하고, 그에 맞추어 제법 높은 은색 힐을 준비해 왔다. 다 차리고 보니, 큰 거울 속에 비친 내 모습이 제법 만족스럽다.

'어머, 내 키가 커 보인다! 제법 날씬해 보이기도 하고. 호호!' 내가 나갈 준비를 하는데, 나도 모르게 혼자서 "룰루랄라!" 하며 콧노래가 나온다.

'저런…!!!' 이것은 나 자신도 당황스러운 장면이다.

'어머, 수경아! 왜 이러니? 정신 좀 차리자. 제발…!'

나는 자신에게 다짐하듯 마음을 다잡고, 연수원의 밖으로 나간다. 상진이 정장 차림으로 차를 정문 앞에 대고, 나를 기다리고 있다. 그가 차를 몰아 나간 곳은 어느 유명 호텔 내 '고급 일식집'인데, 사방이 조용하다. 수경과 상진을 보더니 주방장과 홀 내의 모든 직원이 한 줄로 나와서 인사를 한다. 몇 번 중요한 회사의 손님들과 같이 왔던지, 주방장 외 모든 직원까지 환대가 대단하였다. 그곳에서 제일 비싼 참치 세트! 와…. 금가루 뿌린 고급 참치며, 참치가 부위별로 하나씩 나온다. 그는 맥주와 소주를 시켜 '소맥'을 만들어서 나에게 건넨다.

"역시, 회엔 소주가 딱 맞죠? 그렇죠? 누나? 하하…."

"그럼, 난 딱 한 잔만 마실게." 나는 평소 술을 하지 않기에, 술 한 모금에 벌써 핑 돈다. 맛난 참치 회와 곁들인 모든 음식이 고급스럽다! 바로 옆에서 '김 실장'이란 여직원이 회를 부위별로 일일이 설명하며, 한 점씩 고급 참치 회를 수경에게 건넨다. 정말 고급 참치 회를 맛나게 먹었는데, 그보다는 자신에게 신경을 써 주는 상진을 바라보느라, 수경은 정신이 없어서 뭘 먹었는지 모르겠다. 그의 눈동자. 나를 아련히 바라보던 이전의 그 눈빛! 아…. 그렇다. 오랫동안 나를 바라만 보던, 입 밖으로 말하지 못하고 애태우던, 열정 가득하던 한 남자의 눈빛…!

연보랏빛 고운 꽃이 피었습니다

'아…! 내가 내내 그리워하던 것은, 바로 그의 이 눈빛이었구나…!'

그런 상진을 바라보는데, 지난 추억 때문일까? 내 안에서 뭔가 가슴이 아릿하기도 하고, 저릿저릿하기도 하다! 혼자서 당황하며 나의 감정에 대해, 이런저런 상황을 생각해 본다! 술기운이 점점 올라오는 것 같다.

'아. 어떡해…!!! 나, 오늘 이곳에서 무너질 것 같아….'

그가 다급히 흔들리는 나를 붙든다.

"수경 누나!! 정신 잃지 마세요."

'아. 몽롱하다…! 이 모든 게 꿈인가? 아니면, 현실인가?'

나는 도대체 정신을 차릴 수가 없다. 어제 잠을 못 자고, 더구나 진통제까지 두 알을 먹은 탓에 약 기운과 술기운에 머리가 빙빙 돈다.

'아…. 아니다!' 빙빙 도는 것은 내 머릿속 정신이 아니다. 그것은 오래 전부터 '추억'이란 이름으로 서로의 가슴에 품었었던, 오랜 정이었다. 상진이의 나를 원하는 간절한 눈빛….

'아…! 모르겠다….'

나의 모든 정신과 이성이 일시에 멈추는 듯하다. 오랫동안 방치했더니 내 몸의 사랑 에너지도 고갈되었는데, 갑자기 저 안에서 새로운 사랑의 에너지가 막 뿜어져 나오는 것 같았다. 이 순간! 너무 간절하게 그를 안고 싶어졌다.

'그래. 차라리 눈을 감자.'

상진이가 식당 여직원과 함께, 비틀거리는 내 어깨를 부축하여 호텔 객

실로 올라간다. 그러고는 나를 큰 침대에 눕히고 나서, 같이 온 그 여직원이 밖으로 나가는 것도 같다. 나를 잠시 멍하니 바라보던 상진이 객실 베란다에서 담배를 한 대 피우는 것 같더니, 다시 몇 분 후⋯. 상진이가 찬물수건을 가져오더니, 내 목과 얼굴을, 그리고 나의 손과 발을 가만히 닦아준다.

'아. 마침 오늘 예쁜 속옷을 입은 것이 다행이다.'
그 정신없는 와중에 나는 그런 생각을 했다. 그리곤 상진이 조용히 이불을 들더니 나를 덮어주고, 조용히 그 방을 나가려는 것 같다. 그러다가 상진이가 다시 돌아와서, 내가 누운 침대 옆에 간단히 메모를 적고, 이 방에서 나가려 하는가 보았다.

"상진아. 가지 마!!"
이런 용기가 술의 힘인가? 상진이가 나의 간절한 목소리에 그 자리에서 돌아선다. 그리곤 다가와서 눈을 뜬 나를 가만히 내려다보더니, 그녀의 이마와 볼, 그리고 두 눈가에, 그리곤 온 얼굴에 가만히 입을 맞춘다.
"누나. 수경 누나⋯!"
"아⋯. 상진아!!! 아⋯."
우리는 뜨거운 입맞춤을 시작으로 서로를 향한 뜨거운 손길이, 상진의 뜨거운 입술이 수경에게 걷잡을 수 없이 밀려오고, 나는 정신이 몽롱한 상태에서 그의 뜨거운 입김을 느낀다. 그렇게 그날 밤에 서로를 깊이깊이 사랑하면서, 드디어 우리는 '진정한 하나'가 되어가고 있었다.

저 창밖에는 구름 속에 초승달이 산 위에 아스라이 걸려있었고, 저 하늘의 뭇별들은 온 하늘에 보석을 뿌린 듯이 반짝거린다. 저 바람은 우리의 사랑을 아는 듯이 조용히, 그리고 살랑살랑 불어온다. 이렇게 둘이 함께 깊이 사랑하는 그 밤이 아름답게 깊어가고 있었다. 나는 온몸이 구름 위에 있는 듯이, 큰 풍선을 타고 나르는 듯이, 내 몸이 저 하늘 위로 붕 떠오른다고 느낀다.

'아…. 이게 세상 끝이었으면! 나에게, 우리에게 다시 내일이 오지 말았으면…!'

나는 이 순간이 너무 행복해서, 이렇게 간절히 마음속으로 되뇌어 본다. 그렇게 황홀하고, 불처럼 뜨겁게 타올랐던, 열정적인 하룻밤이 꿈결처럼 지났다!

그다음 날! 우리 팀이 올해의 '사내 연수'를 잘 진행했다는 평이 계속해서 이어지고, 며칠 뒤에 드디어 수경은 인사팀의 '과장'으로 진급하게 되었다.

8. 인사 2팀의 팀장이 되다

인사팀은 사내 연수와 직원들의 인사고과를 중점을 하기에, 상당한 영향력을 지닌 부서이다. 이렇게 상진과의 연애는 본격적으로 시작되었다. 서로를 향하는 마음이 걷잡을 수 없이 강둑이 터진 것처럼, 상진도 이제는 나를 향한 마음을 숨기지 않았다. 그는 수시로 나의 근무지에 나타나

괜히 한 바퀴 돌고는, 빙긋이 웃으며 말한다.

"신 과장님, 무슨 별일 없죠??"

"호호호! 저는 별일 없어요. 김 부장님은요?"

"아. 저도요, 하하!" 그리고 나에게 수시로 문자가 온다.

[누나 뭐해요??] [누나, 밥은요?] [누나, 언제 퇴근해요?] 이제야, 나에게 그토록 해바라기했었던 이전의 '상진의 모습'이 보인다. 우리는 회사 밖에서 일주일에 세 번은 만났다. 주중에도 한번, 저녁 식사를 하고, 주말에는 거의 두 번을 만났다.

오늘은 둘이 함께 용인의 '민속촌'에 가 보기로 한 날이다. 내 친한 친구가 그곳에서 [한복 체험]을 했는데, 너무 좋았다고 정보를 주었기 때문이다. 아침 일찍 갔더니, 아직은 근처의 한복 가게들이 한가하다. 그중에서 제일 예쁜 한복집에 들렀다. 너무나 많은 신세대의 한복들이 가득했다. 그 빛깔과 디자인이 정말 고왔다. 나는 나이가 있는지라, 주로 칙칙하고, 천연 염색의 고상한 색깔이 대부분이었기에 이렇게 고운 색의 반짝이에, 화려한 최신 한복은 처음이다. 내가 먼저 흰 저고리에 목련꽃이 수놓아져 있고, 아래에는 화려한 무늬의 빨간색 스란치마를 골랐다. 상진은 위아래로 파란색 저고리와 바지, 그리고 조끼를 입었다.

'어머. 어쩜 상진이는 이전 그대로인 것 같다.' 상진이는 마치 고교생 때처럼, 아직도 맑고 앳된 얼굴에 마치 막내 도련님 같은 모습이다. '흐음. 내가 너무 누나 티가 나는 것 아닌가?'

나는 이제 은근히 내 나이에 신경이 쓰인다. 주로 젊은 학생들이나, 어

연보랏빛 고운 꽃이 피었습니다

린 청소년들이 주로 한복 체험을 하고, 우리 나이에 한복을 입고 다니는 사람이 없었기에, 모두가 우리의 모습을 부러운 듯, 쳐다본다. 그러나 나는 상진과 용감하게 손을 잡고, 모두에게 자랑하듯이 온 거리를 휩쓸고 다녔다. 서로가 서로에게 가장 예쁜 모습을 담아주고, 같이 가는 곳곳마다 나란히 서서 사진을 찍었다.

'이렇게 즐겁고, 유쾌한 시간이 있다니…!' 상진은 이전의 철없던 대학 시절로 돌아간 듯했다. 우리는 곳곳을 돌아다니며 서로의 사진을 찍어 주고, 민속촌의 전통 먹거리를 먹고, 시원한 카페에서 아이스커피를 마시면서, 주말의 시간을 보냈다. 그전엔 그저 지나치던 모든 곳이 새롭고 아름다웠다.

'결국, 그곳이 어디인가가 중요치 않구나! 내가 누구랑 함께 있느냐가 중요한 것이구나.'

나는 세월이 거꾸로 흘러 다시 20대의 대학생으로, 상진은 10대 후반의 고등학생, 그때로 돌아가서 다시 모든 것을 시작하고 싶다고 생각하였다.

'우리가 다시 만난다면, 나는 상진이의 사랑을 받아들이고, 아름답게 결혼해서, 상진을 꼭 닮은 아이를 낳고, 알콩달콩 살아가고 싶다!!' 한복을 예쁘게 차려입은 다른 가족들의 모습을 볼 때, 상진이가 나에게 문득 이런 말을 하였다.

"누나, 누나 닮은 딸 하나, 나 닮은 아들 하나 낳아서, 이렇게 놀러 다니면, 좋겠다. 하하…!"

우리는 그 순간! 아마도 서로 같은 생각을 한 게 틀림없다. 나는 그의 손을 아무 말 없이 꼬옥 잡고 걸었다.

9. 그러나 어찌 삶의 길에 무지개만 있을까?

어젯밤 꿈에 내내, 우리를 몹시 괴롭히던 사람이 있었다. 그 사람은 수경과 상진을 죽이겠다고 말하면서, 험악한 얼굴에, 큰 칼을 품에 안고 있다. 그를 피해서, 상진과 수경은 계속 도망을 다니는데, 어느 집에서 도망 나와, 험한 산길이었다. 상진이 평탄해 보이는 흙길을 수경에게 가라고 하고는, 자신은 저 멀리 보이는 험산 준령을 가려고 한다. 수경은 울면서, 그를 만류하고, 그는 웃으며 그곳을 간다.

"누나! 나는 늘 산행으로 다져진 몸이야! 걱정하지 말아요! 만일 그놈이 따라오면, 산에서 내가 따돌리고, 다시 당신에게 갈게!!" 수경은 홀로 평지를 걸으며 한없이 울었다. 수경이 다시 어느 집에 와 있는데, 뒤따라 급히 상진이 들어온다.

"아. 상진아…." "누나…." 둘이 반갑게 만나 재회하는데, 다시 그 남자가 따라온다. 상진이는 그녀를 급히 다락에 숨기고, 홀로 길을 떠난다. 수경은 너무 슬프고 무서워서, 다락에서 혼자 숨죽여 울었다.

연보랏빛 고운 꽃이 피었습니다

나는 꿈속에서 한참을 울다가, 불현듯 꿈에서 깼다. 그 꿈이 왠지 불길하고, 어두워서 내 마음이 무겁다. 그래서인지, 오늘 종일 머리가 무겁다. 겨우 진통제를 여럿 알 먹고 하루를 버텼다. 상진도 바쁜지, 오늘따라 통 연락이 없었다. 나는 하루 종일, 더욱 무거운 마음이 들고, 오늘따라 온몸이 무겁고 아프다. 겨우 일과를 마무리하고 일어서려는데, 저녁 퇴근 무렵에 한 통의 전화가 온다! 이 전화벨 소리에 나는 왠지 불안한 마음이다.

'전혀 모르는 번호인데? 누굴까?'

나는 힘없는 목소리로 전화를 받았다. "여보세요…?"

"나다. 수경아…!!"

"어머…. 안녕하셨어요?"

뜻밖에, 지금 전화를 하신 분은 아직 한국에 나와서, 미처 인사도 드리지 못한 상진의 어머니셨다. 그 이전 상진이에게 과외를 할 때, 나를 무척이나 이뻐하시던 그 어머니셨다.

"잘 지냈니?" "네에. 어머님도 그동안 잘 지내셨죠?"

"상진이에게서 너랑 다시 만난다고 얘기 들었다. 너를 한번 보고, 긴히 할 얘기가 있구나."

'아. 이것인가?? 어젯밤 꿈에서 밤새 나를 쫓아오면서 나를 괴롭힌 그 불안의 이유가…?'

상진 어머님의 가라앉은 목소리가 나에게 뭔가를 말하려 한다. 나와 상진의 어머니는 저녁 7시에 회사 로비에서 만나, 그 근처 찻집에 간다.

'얼른 나름대로, 단장했지만, 내가 왠지 나이가 들어 보일 것 같고, 이전 며느리였던 부잣집 딸, 혜선이와는 다를 텐데….'

이런 생각을 하면서, 나는 준비하는 내내 마음이 불안하다.

"너를 우리 상진이가 많이 좋아했었지! 그래서 사실, 내가 전에 너희들 몰래 나 혼자, 너희들의 궁합을 본 적이 있었다. 그런데 너희들 궁합이 너무 안 좋아서, 절대 결혼시키면 안 된다고 하더라…. 글쎄…!!! 오대 독자 우리 상진이가 대가 끊기고, 일찍 죽는다고 했어. 그것도 결혼하자마자 3년 안에…. 수경아! 지금 그 말을 생각만 해도. 에구구…. 그 생각만으로도 너무 끔찍하다." 이 말을 들은 수경은 너무 어리둥절하다. 도대체 이게 무슨 얘기인가?

"너희들은 사실, 종교문제도 있고…. 너는 기독교인데, 우리는 불교잖니!! 매월, 우리 집에서는 제사도 지내야 하고…." 나에게 늘 다정하게 대해주셨던 그분의 태도…! 자기 아들을 지키려는 단호한 태도였다!

연보랏빛 고운 꽃이 피었습니다

"아. 알겠습니다. 어머니! 상진이의 불행을 저도 바라지 않아요." 눈물이 쏟아져 나오려는 것을 겨우 참고, 나는 굳게 다짐해 본다.

'그래. 그렇다면, 보내주어야지. 다시 상진을 불행하게 할 수는 없잖아.' 사랑하는 내 제자, 상진을 위해서라면, 이 정도의 사랑으로도 나는 물러설 수 있다고 스스로 다짐한다. 이제 '이 세상의 끝'을 보는 듯하였다. 그가 없으면, 나는 더 살 힘이 없는데, 그렇다고 그런 저주를 들으며, 매일의 일상을 살아갈 자신도 없다.

'그래! 이게 끝이어야 한다.'

나는 상진을 위해, 오직 그만을 위해서, 모든 나의 결정과 미래를 생각해 보려 한다.

'그를 위해서라면, 나는 홀로 이 세상의 끝을 맞아도 좋으리라!'

10. 다시 행복한 사랑이 오다

상진 어머님과의 만남 후, 나는 늘 미열이 있고 왠지 몸이 나른하다. '봄도 아닌데…? 이상하다…!'

아직도 나는 매달 있는 달맞이 행사 때마다, 온몸의 통증으로 몹시 힘들어하는데, 요즘 달거리가 끊기어서 이상하다…? 생각하였다. 아마 회사 내의 스트레스 때문인가 싶었다. 상진도 나를 걱정하며 각종 영양제를 사다 준다. 이상하게 요즘은 회사 일이 힘들고, 늦은 시간까지 일하면서 하품이 난다.

"어머…! 어쩐 일이지…??" 늘 회사 일에만 집중하며, 여태껏 살아왔기에, 나에게 이런 일은 처음이다.

'아무래도 산부인과 병원에 가 봐야겠다! 별일은 없겠지.' 나는 스스로 불안한 마음을 느끼며 생각해 본다!

다음 날, 좀 이르게 퇴근 후, 내가 늘 가던 산부인과 병원에 간다. 이런저런 검사를 한 후, 나는 내 담당 의사와 마주 앉았다. 늘 내가 검진받던 의사 선생님이신데, 그분이 얼굴에 환한 웃음기를 띄고 내게 말한다.

"하하, 축하드립니다…!"

"네에…? 무슨 축하요…?"

"수경 씨, 임신이십니다!"

"네에? 저런…! 저는 어, 어떻게 하나요?"

"뭘 어떡해요? 잘 낳아서 기르면 되죠…!"

의사 선생님께서는 연신 웃으시며, 신기하다는 듯이 나를 본다. 이 진단을 듣고 나서, 나는 이상한 마음이 되어 급히 회사에 있는 상진에게 전화한다. 이 상황이 뭔가 기쁘기도 하고, 어색하기도 하면서, 또 한편 슬프기도 한 복잡한 마음이랄까…? 온갖 희비가 교차하는 느낌이다.

'아…! 그와 헤어질 마음을 먹자마자, 이게 무슨 일이람!'

"상진아. 나, 우리, 어떡하지?"

"누나, 왜요? 무슨 일 있어요?"

상진이 가라앉은 내 목소리에 아주 걱정하면서, 떨리는 목소리로 말한다.

연보랏빛 고운 꽃이 피었습니다

"있잖아. 상진아! 나, 임신이란다." "응?? 누나? 뭐라고요?"

"임신, 임신…! 나, 애를 가졌다고! 지난번 그 펜션에서 들어섰나 봐."

"아. 누나!! 정말이에요?? 하하하!! 나, 너무 좋아요."

이 소식을 들은 상진의 음성도 떨린다. 전화기 너머, 그의 음성은 아마도 우는 것 같다.

"나. 평생, 이 순간을 꿈꾸었어요. 아. 누나의 아기, 내 아기라니…."

"어쩜. 이런 일이 있니?? 아직도 결혼 전인데, 우리 어떻게 하니…?"

나는 이 상황이 부끄럽기도 하고, 이렇게 기뻐하는 상진을 보니 내심 행복하기도 하다.

"누나, 이제 직장을 그만두고, 나랑 집을 합쳐요. 누나, 우리 먼저 결혼해요. 그리고 얼른 우리 아기 낳아야지…!!"

이 소식이 너무도 즐거운 듯, 그의 맑은 웃음소리가 드높다. 나는 며칠 고민 끝에 상진 어머님께 전화를 드렸다. 그분을 만나서, 이런저런 사정을 말씀드리고 허락하지 않으시면, 혼자 아기를 낳아 조용히 내가 기르겠다고 말씀드렸다. 어머님은 펄쩍 뛰신다. 손이 귀한 집이기에, 나의 임신 소식은 큰 기쁨이셨다.

그로부터, 우리의 결혼이 급격히 준비되고, 회사에 차마 임신을 알릴 수가 없어서, 나는 조심하며 회사에 다니다가 결국 한 달 뒤의 회사에서 퇴사하였다. 많은 이들의 축하와 아쉬움 속에 퇴사하자니, 지난 세월이 떠올라 눈물이 쉴 새 없이 나온다. 사랑하는 상진이 큰 꽃다발을 내게 전해 주고, 같은 팀의 미스 김(대리로 승진하였다)은 내내 울먹이면서 내게 말한다.

"정 과장님, 이제는 정말 아주 많이 행복하세요!!"

그 후, 나는 상진이와 바쁘게 결혼 준비를 마치고, 임신한 상태로, 더구나 나이가 있어서 우리는 소박하게 야외에서 '전통 혼례'를 올리고 나서, 이제 그의 집에서 신혼을 시작한다. 점점 배가 불러올 나의 모습! 그러나 상진은 그런 내 모습을 한없이 사랑스럽게, 때론 애처롭게 바라본다. 그는 온갖 맛난 음식이며, 과일이며, 몸에 좋다는 모든 것을 다 구해 온다.

'아! 사랑하는 사람의 아기를 가진 행복이 이런 것인가?'

상진과 나의 유전자를 이어받을 아이! 내가 다니던 산부인과 병원에서 검사해 보니, 나의 아기는 '딸'이란다. 이제 정말 그와 나를 닮은 딸이 나올 모양이다. 상진이는 정말 세상을 다 얻은 듯이 행복하다고 했다. 아기의 이름을 지어보았다. 이 세상의 빛난 존재가 되라고, 아기의 이름을 [김빛나]로 지었다. 나는 이제 만삭의 엄마가 되어서, 아기에게 다가올 새로운 세상을 준비하고 있다.

우리 아이가 세상에 나올 날…!
또한 우리가 엄마, 아빠가 되는 날…!
그래서 우리 온 가족이 같이 걸어 나갈 이 세상이
좀 더 행복하기를, 모두가 평화스럽기를,
또한 싸움과 전쟁이 없는 안전한 나라가 되기를…!

상진과 나는 한마음으로 하나님께 빌고, 또 빌어본다.
이 세상의 모든 신에게, 내가 믿는 하나님께,
그리고 미처 내가 알지 못하는 신에게조차…!

11. 이제 산달이 다가온다

나는 이제 곧 엄마가 되는 것이 너무나 행복하다.

'상진이와 나를 닮은 아기가 나오다니…!' 이것은 정말 신의 축복이다. 우리 사이를 아는 사람들이 많이 축하해 왔다. 정이 많은 김 대리는 나를 만날 때마다, 늘 울먹이면서 말한다.

"정 과장 언니. 좋으시죠? 저도 너무 좋아요. 흑흑…!"

그녀는 이렇게 회사에서 전화를 자주 해 온다. 새로 온 인사 2팀 과장도 아마 잘해 주는 모양이다. 그녀의 칙칙하던 얼굴이 꽃처럼 피었다. 그는 내 직장 2년 후배인데, 무뚝뚝한 경상도 남자지만, 속정이 깊다. 내가 특별히 부탁한 것도 있지만, 왠지 김 대리와 잘 어울릴 것 같아 내가 회사를 나오기 전에 넌지시 귀띔했다. "이 과장!! 우리 김 대리, 정말 좋은 여자야. 네가 꼭 잡았으면 해…!"

내 직장 후배, 이 과장은 사별한 싱글이다. 혼자 딸아이를 키우면서 무척 고생하는데, 그 딸아이도 참 이쁘고 붙임성이 있어 내가 김 대리에게도 그를 신랑감으로 추천했다.

"김 대리야! 그냥, 사람만 봐…!! 내가 김 부장님하고 어울리니? 그래도 우리가 사랑했잖니? 그래서 속도위반하며, 아이까지…. 하하!" 나는 진심으로 그들의 만남과 결혼을 축복해 주고 싶다. 더불어 그의 아이까지도 사랑받는 이 결혼이 참 귀하다.

"너도 할 수 있어. 그 사람을 사랑하면, 그 아이도 이쁘단다. 담에 네 아이도 낳으면 되지." 어쨌든 둘이는 목하 연애 중이다. 참 배려심 많은 김 대리는 아마 잘할 것이라 믿는다. 늘 일만 하던 노처녀인 그녀도, 이제 사랑도 하고, 가정도 꾸리고, 예쁜 아이도 낳고, 힘든 처녀 시절을 다 잊고서 이젠 이 세상의 행복을 많이 누렸으면 한다.

시어머님도 얼마나 좋아하시는지, 이젠 나를 집안의 '복덩어리'라 하신다. 미국에 계신 나의 친정엄마 대신, 나이 많은 나의 산후조리를 도맡아 하시겠노라고, 그녀를 이제는 집안의 대들보라 하신다. 그것도 늦은 나이에 임신부터 덜컥해서, 혼수품으로 귀한 아기를 낳아드렸으니…! 더구나 남편인 상진 씨는 세상 행복한 얼굴로 회사에 다녀서 모든 사람에게 신혼의 재미가 그리 좋냐는 지청구를 듣지만, 그는 그게 행복인가 보다.

이제 우리 앞에는 웃을 일만 남았다. 나는 때때로 '나. 이렇게 행복해도 되나?' 스스로 묻곤 한다! 때때로 나는 이런 내 삶이 어리둥절하다. 나를 너무 사랑해서, 자신을 바라보는 그의 얼굴과 눈에서 빨간 하트가 '뿅뿅' 하며 나오는 상진을 보면, 이 세상이 다 내 것인 듯하다. 그의 회사 일도 다 잘되어가고, 상진도 이제 자리를 잡아 그다지 바쁘지 않게 되었다. 나는 생각한다!

연보랏빛 고운 꽃이 피었습니다

'그렇다! 무엇이 내게 더 필요할까?'

  그동안 겪은 내 인생의 모든 불안과 슬픔이 다 없어지고, 새로운 세상
이 열리는 듯하다. 오직 기쁨과 행복만이, 무지갯빛 인생만이 나를 기다
리는 듯하다. 신혼은 시댁에서 시작하였고, 큰딸-'빛나'는 어른들의 사랑
속에 잘 커가고, 며칠 전에 큰딸의 돌잔치를 잘 마쳤다. 상진이 이번 주말
에 둘이서만 같이 놀러 가자고 한다. 미리 강화도 바닷가 펜션을 예약해
두었다고 한다. 큰애가 생긴 바로, 그 펜션이다! 나는 오랜만에 설레는 맘
으로 음식 준비를 하고, 특별히 야한 잠옷을 하나 장만했다. 뭔가, 상진에
게 선물을 주는 맘으로, 평소에 볼 수 없던 용기를 내어 보았다. 그녀는 많
은 준비를 하고, 설레는 맘으로 같이 차에 올랐다. 소풍 가는 아이들처럼,
우리는 들떴다. 그곳은 참 이쁜 펜션이다.

  "와…! 마치 동화에 나오는 집처럼 생기고, 새하얀 침대에는 레이스 커
튼이 있네? 호호! 모든 게 하얗고, 마치 우리들의 신혼여행지 같아."

  그 펜션의 거실문을 여니, 바로 앞에 서해가 보인다. 소금기가 있는 바
닷가의 짭조름한 바람…. 저 수풀 속에는 소슬한 바람 소리가 나고, 마
침 저 멀리에서는 해가 지고 있었다. 특히 만조가 아름다운 서해안 바닷
가가 아닌가? 둘은 같이 펜션 둘레길을 걸었다. 너무 아름다운 장소였다.
바닷가와 지금은 뻘밭…. 주위엔 아름다운 숲이 가득하고, 온갖 들꽃들
이 만발했다. 더구나 옆에는 사랑하는 사람이 나를 사랑스럽게 바라본
다. 저 멀리, 바닷가에서는 서서히 해가 지려고 한다. 아…. 알지 못하는
새에 나의 눈에서는 스르르 눈물이 맺힌다. 이렇게 행복한 내 자신이 믿

기질 않았다.

"이게 꿈인가? 꿈이라면, 깨지 말아야지!!"

우리들은 같이 맛있는 저녁을 만들어 먹고, 바닷가로 연결된 긴 베란다
에 나와 보았다.

저 하늘에는 마치 별이 쏟아질 듯 총총하다. 그리고 그 옆에는 크고 새
하얀 달이 저 바닷가 위로 둥둥 떠 있고, 저 멀리 부는 바람에서는 소금 냄
새와 수풀 냄새, 그리고 알지 못할 꽃향기가 난다. 그가 베란다에서 내 얼
굴을 감싸 안고 키스한다. 너무 황홀한 그와의 키스는 아이스크림처럼 달
콤하고, 부드럽다.

'우리가 사랑하기에 이토록 키스조차 황홀하고, 아름다운가?'

나는 나를 품에 꼬옥 안고 있는 상진에게, 귓속말로 속삭인다.

"아…. 저 하늘의 별들과 환한 달이 다 나에게 쏟아져 들어오는 것 같
은, 참 아름다운 보름밤이네…! 상진아. 사랑해…!"

상진도 나를 자신의 품에 더욱더 세차게 끌어안고, 키스를 퍼붓는다.
나는 이렇게 나에게 다가온 이 커다란 행복이 믿기질 않아 자신에게 묻
고, 또 물어본다. 이렇게 시간이 흐르고, 흘러서 그의 곁에서 빨리 늙어 버
리고 싶다고 생각한다! 이날, 이렇게 그들에게는 둘째가 생겼다.

연보랏빛 고운 꽃이 피었습니다

12. 축~ 둘째 노을이 엄마 되심을 축하합니다!

```
==========================================
```
사랑하는 여보~ 오랫동안 우리 함께 누립시다.
이 세상이 우리 앞에 펼쳐 놓은 이 아름다움을…
수경 누나~ 오랫동안 사랑하고, 또 사랑합시다.
당신이 있어서 너무 행복합니다. 당신이 없는 이 세상은
나에겐 이제 아무 의미가 없어요. 부디 건강만 하세요!!

당신의 상진
```
==========================================
```

내가 아기를 낳고, 병원에서 퇴원하고 집에 오니, 큰 환영 플래카드가 걸려있다. 다시 입맛도 좋아지고, 얼굴도 좋아진다. 마음도 편하고, 아이들도 잘 커가고, 다시 모든 것이 정상으로 돌아가나 보다. 큰 애는 이제 아장아장 걷고, 이제 둘째 돌이 다가온다. 아직 걸어갈 길이 많지만, 상진도 열심히 자기 할 일을 잘하고 있고, 나도 애들 둘을 키우며, 이젠 제법 전업주부가 되어간다. 이제 잠시 멈추어 서서, 자신의 삶을 뒤돌아보니, 여러 가지 감정이 떠오른다.

'이 세월을 잘 살아온 것에 대한 보상인가?'

그래도 선한 마음으로 살아온 것에 대한 하나님의 선물인가? 내 옆에

든든한 남편, 귀여운 내 두 딸은 무럭무럭 자라고, 내가 잘 사는 모습을 보여서, 두 딸이 아름답게 결혼 생활하는 것까지 다 보아야지…!'

내가 믿는 하나님께, 그리고 상진이 믿는 신에게, 내 삶과 내 가족들의 평안함을 간곡히 부탁하고픈 심정이다.

"신이시여. 부족한 내 힘으로는 되지 않으니,
이 험한 세상에서 저들을 지켜주소서!!
그들이 험한 길을 걸을 때, 동행해 주시고
힘든 세상 길에서 쓰러지지 않도록 도와주소서!

나, 이 세상에서 그대를 만나고, 그대를 사랑하고,
그대 있으매 나 행복하였노라고….
이 세상은 그대로 인해 눈물겹도록 아름다웠노라고.
나, 마지막 가는 날까지 오직 그대만을 사랑하겠노라고….
그대와 손잡고 이 세상의 끝을 지나, 저 먼 세상까지도
항상 함께하겠노라고…!"

내 사랑하는 미령아! (2편)

프롤로그

♡사랑…. 세상에 이처럼 아름답고 슬픈 말이 있을까?
누구나 사랑을 원하고, 그 사랑을 갖길 원하지만,
우리들의 삶에는 단, 몇 번밖에 찾아오지 않거나
혹은 일생에 단 한 번의 사랑이 올 뿐인데…!

미령은 아직도 가슴에 절절하게 남아 있는, 이 사랑 얘길 해 보려 한다.

연보랏빛 고운 꽃이 피었습니다

결혼 전, 단 한 번의 사랑. 타오르는 불꽃같았으나, 끝내는 사그라지는 검은 재처럼 가슴에만 시커먼 잿더미로 남았던 사랑…! 그것은 그녀 가슴에 깊은 화석처럼 남아, 늘 이 사랑의 데인 상처로 아파야 했던 시간이었다. 아릿하게 하얀 종이에 베인 손끝의 상처처럼, 선홍색 핏빛이 일상의 삶에도 스며들던 시절이었다. 이제 그녀, 미령은 나이 50세에 그녀만의 새로운 삶을 살고 싶어진다.

1. 여자의 50세란 나이

이 나이는 묘하게도 많은가? 하면 그렇지 않고, 적은가? 하면 또한 그렇지 않은, 알 수 없는 나이이다. 언뜻, 눈을 들어보니 미령은 자기 머리에 새치가 늘어가고 있었고, 내내 직장에서 일하는 관계로 자연스레 염색하게 되었는데, 대학 때의 긴 생머리에서, 회사 다닐 때는 단정한 단발로, 결혼한 다음에는 자연스레 파마머리를 하게 되고, 직장에서 일하면서는 편한 이런저런 스타일의 파마머리를 하게 되었다. 소위, 아줌마 파마머리이다. 그녀는 이 파마머리가 자연스럽고 염색이 당연한 이 나이. 스스로 자신의 나이가 5자리에 서 있음이 못내 생소하다. 미령은 이제 학원을 잠시 접고, 큰딸이 있는 미국에 건너가, 공부도 하면서 새로운 제2의 삶을 살기로 결심하였다. 큰딸도 아주 기뻐하면서, 엄마의 새로운 삶을 응원해 준다. 한국에 남겨진 작은딸도, 엄마 없이 씩씩하게 잘 살 자신이 있어 보여 다행이다.

미령이 미국에 간다는 것을 어떻게 알았는지, 이전 남자친구인 수호 씨가 출국장에 나와 있다.

"미령 씨, 이제 가면 언제나 볼지 몰라서…. 마침, 내 직장이 이 근처에요. 하하하…!" 멋쩍은 웃음을 띠며, 수호 씨가 말한다. 그녀는 이제 그의 얼굴을 보기가 편하다. 마치 오랜 친구를 대하듯, 서로 간에 아무런 미련이나, 회한이 없어서일까? 그와 함께 커피 한잔하고, 혹시 몰라서 자신의 메일 주소를 주고는 가볍게 악수하고 헤어졌다. 미령은 14시간의 긴 비행 끝에 드디어 목적지, 뉴욕에 도착하였다. 이상하게도 뉴욕으로 오는 14시간의 긴긴 비행길이 하나도 지루하지 않았다. 몇 년 전에 한번 와 본, 뉴욕 공항과 뉴욕의 길…! 모든 게 눈에 익어서 이번엔 수월하게 모든 입국 절차를 마치고, 사랑하는 딸과 사위가 기다리는 공항 입국장에 간다. 그동안 얼굴이 좋아진 딸-은별을 보니, 너무 마음이 좋다. 미령은 사위 훈이가 잘해 준 덕분이겠지…. 생각하며 그가 고맙다. '참 고맙고, 살뜰한 내 사위…. 내가 무엇으로 다 보답할까?'

미령은 그 아이들을 꼬옥 자신의 품에 안아주고는, 같이 차를 타고 공항에서 1시간 거리의 딸아이 집으로 간다. 그녀가 몇 년 전, 미국에 방문해서 마련해 준 가구와 소파, 그리고 자신을 보고 환하게 웃는 듯한 집 안 곳곳의 꽃병들, 예쁜 꽃이 가득한 꽃 화분들…. 미령은 자신을 닮아 꽃을 좋아하고, 꽃 화분을 잘 가꾸는 딸-은별을 기특하게 생각하며, 2층에 있는 자신의 방에서 짐을 풀었다. 그녀는 아이들이 좋아하는 여러 가지의 한국 음식들을 짐 가방에 가득 넣어 왔고, 급한 옷가지 몇 개와 화장품만 넣고, 나머지 짐들은 다 선편으로 뉴욕에 부쳤으니, 거의 한 달이나, 한 달 반 정

연보랏빛 고운 꽃이 피었습니다

도 후에는 이곳에 도착할 것이다.

'저런! 은별이가 내 방을 얼마나 이쁘게 꾸며 놓았던지, 마치 공주님 방 같네.' 미령은 내내 학원 일 하면서, 너무 바빠서 자신이 한 번도 꾸며주지 못했던 딸들의 방, 그러나 이제 그녀의 착한 큰딸이 자신을 그런 공주 방에 머무르게 해주다니…! 그 침대 위에 예쁜 커튼이 있는 것이 '캐노피'라 하던가? 그리고 맞춤으로 그녀의 방에 커튼도 해 달았고, 책상이며, 컴퓨터며, 프린터까지 갖추어 놓았다. 이것은 살뜰한 그녀의 사위가 마련했을 것이다. '아! 이게 무슨 복인가.'

미령은 그토록, 자기 딸들에게 해주고 싶었던 것들을 이제 딸들이 자신에게 다 해주는 것이다. 그 방을 보니, 그녀 눈에서는 쉴 새 없이 눈물이 흐르고, 엄마가 머무를 그 방을 꾸미며, 딸과 사위가 무슨 생각을 했을까? 미령은 감격에 겨워 눈물이 핑 돈다.

'그래…! 이 정도면 되었지. 내가 무슨 더 이상의 삶을 꿈꿀까? 내 팔자에, 내 인생의 후반기에 이렇게 편안한데, 이제 내 딸과 내 사위에게 도움이 되는 삶이면 족하리라!' 그녀의 딸-은별이는 미령이 새로운 곳에서 아직 독립하기엔 이르다며, 1년이라도 자기와 같이 있어야 한다고 우긴다. 미령은 "응, 그러마!"라고 얼른 말했다. 사실 먼 먼 외국 땅에서 혼자 살기엔 아직 자신이 없었기 때문이다.

미령은 사랑하는 딸-은별이의 집에서 깊은 잠을 잔다. 그녀의 삶에서 그동안 단 한 번도 이렇게 편안히 잠을 잔 적이 없었다. 미령은 편안하게,

꽃처럼 고운 침대에서 깊은 잠이 들었는데. 그녀는 편히 자면서도 마음속으로 생각하였다.

'아. 이제 다시 내게 아침이 오지 않는다 해도, 더 이상 내가 눈을 뜨지 못한다고 해도, 이것이 내 마지막 밤이라 해도, 나는 아무 원망도 없으리라…!'

2. 미국에서 맞는 새 아침이 되었다

미령이 자신의 방-동쪽의 하얀색 레이스 커튼을 젖히니, 이곳이 마치 공원인 듯, 온갖 나무가 많은 동네 풍경이 보인다. 이웃 사람들이 아침부터 부지런히 조깅을 하며, 서로 반가이 인사를 하며 담소하는 전경이 정답다. 이곳의 아침 햇살이 어찌나 맑고 뜨거운지…. 미세 먼지나 공장의 공해가 없어서인지, 햇살은 유난히 뜨겁고 눈이 부시다. 미령은 딸이 마련한 아침 식사를 맛있게 먹고는(사위는 이미 출근하고 없다), 근처 은별이가 다니는 대학원에 나가서 같이 등록하였다. 벌써, 딸아이의 영어가 얼마나 능통한지, 미령은 깜짝 놀랐다. 사실 그 아이는 언어에 재능이 많아서인지, 학원이나 외국에 한 번 나가 보지도 않았지만, 어려서부터 유난히 영어를 잘했다.

미령은 그전부터 늘 하고 싶던 '상담학 공부'를 대학원에서 시작하였다. 은별이는 '언어학'을 하니, 바로 그녀가 공부하는 빌딩의 바로 옆 건물이다. 미령은 딸과 같이 만나서 점심도 먹을 수 있을 것이고, 학교 도서관

연보랏빛 고운 꽃이 피었습니다

도 같이 가고, 수업을 마치면, 같이 집으로 가면 된다. 그녀의 딸, 은별이는 미령의 듬직한 보호자가 되어, 아직 외국 생활에 어리벙벙한 엄마를 도와준다. 대학원 수업은 이제 일주일 후에 시작하는데, 그동안 손을 놓고 하지 않던 공부여서, 마음이 긴장된다. 그러나 뭐든 시작하면 잘하던 그녀인지라, 미령은 그다지 크게 걱정은 하지 않는다! 단지 얼른 집에 가서, 책도 보고, 미리 기본적인 공부를 해 놓아야 한다는 생각에 마음이 급하다.

첫 수업 날이 되었다. 미령은 아침 일찍부터, 딸이 주는 커피를 원 샷하고서야, 겨우 정신을 차린다. 어젯밤 공부를 한다고, 너무 늦게 잔 탓이다. 사실, 어젯밤 불면으로 아직도 정신이 몽롱하였지만, 그렇게 첫날의 첫 수업을 잘 마쳤고, 마침 모든 수업 내용을 미리 준비한 탓인지, 비교적 모든 수업은 잘 지나갔다. 그러나, 미령은 스스로 나의 나이 듦이 느껴지기도 한 시간이었다. 대학원 수업이라, 그동안 그녀가 해 온 경력이 도움이 되어 미령은 비교적 쉽게 인턴 자리를 구했다. 미령은 대학원 수업을 들으며, 대학교 내의 학생들을 위한 '상담소'에서 인턴을 하였다. 늘 그녀가 해 왔듯이, 미령은 주어진 모든 시간마다 최선을 다하면서 준비하고, 읽고, 리포트를 내며, 정신없이 공부하면서 결국 석사과정을 잘 마치게 되었다. 또한 그동안 그녀가 인턴으로 일하던 상담소에 정식으로 '상담사'가 되어 일하게 되었다. 그동안 미령은 진심으로 상담하러 오시는 분들을 돕고자 했고, 그전에 큰 학원을 운영했기에 상담소 내의 모든 업무가 비교적 쉬웠다. 그녀의 나이도 있고 하니 모든 직원이 나를 언니처럼, 이모처럼 따라 주어서 우리 팀원들 간의 분위기도 또한 좋았다.

"사라 씨!! 오늘은 주로 할 일이 뭐야? 좀 챙겨줘요!"

'사라'라는 친구는 미령의 곁에서 비서 겸, 그녀를 챙기는 대학원 학생이다.

"정 선생님, 오늘 새로 정신과 선생님 오시기로 한 날이에요." 요즘 상담소의 사정이 좋지 않아, 근처의 정신과 선생님께 봉사 위촉을 받아, 일주일에 3번, 서너 시간씩 봉사해 주러 오시는 의사 선생님이시다.

"아. 그렇지!! 오시면, 내게 알려줘요." 상담소의 정식 업무 시간인 아침 10시가 되었다. 그때였다! 저 상담소의 문이 열리고 단정한 신사 한 분이 들어오신다. 은발의 신사…! 미령은 오늘 오시는 의사 선생님이 예순 대 초반이라 들었는데 은발이시라, 언뜻 일흔이 넘으신 줄로 알고 놀랐다. 훤칠한 키, 부드러운 은발이 바람에 날리고 단정한 재킷 윗도리, 그 아래는 물이 빠진 연한 청바지. 뿔테의 검은 안경 너머의 눈빛이 너무 따뜻한 분이셨다. 아…. 미령은 이런 느낌이 처음이었다. 생전 모르는 사람에게 이렇게 심장이 쿵쿵!! 하며 반응하는 것은….

"안녕하세요?" 그녀의 목소리가 다소 떨린다.

"예. 반갑습니다!" 그가 성큼 앞으로 다가와서, 그녀의 손을 잡는다. 그것은 따뜻하고, 묵직한 손의 느낌이다. '아. 이 예감은 뭐지?' 미령은 이상한 예감에 휩싸이며, 그를 다시 차분히 쳐다본다. 단정한 얼굴, 별로 감정 기복이 없는 얼굴, 편안한 미소, 정신과 선생님들의 특징이다. 정신없이 바쁘게 그날 하루가 끝났다.

상담소의 전례대로, 오늘 미령은 상담소 직원들과 간단한 회식을 했다.

연보랏빛 고운 꽃이 피었습니다

늘 가던 허드슨강 강가의 유명 스테이크집인데, 그곳의 음악도 멋지고, 음식도 아주 좋아서 자주 가는 곳이다. 식사 후엔 한인 타운의 노래방에 간다. 직원들은 다 자기들 18번을 한 곡씩 부르고는 미령에게 "정 선생님, 노래하셔요!!" 하면서, 노래방의 마이크를 넘긴다.

"에구. 어쩌나!! 나, 노래를 잘하지 못하는데!" 결국 미령은 자신이 늘 부르곤 하던 〈10월의 어느 멋진 날〉 노래를 불렀다.

"마지막으로, 김 선생님도 노래하셔요!!" 그가 수줍게 마이크를 받더니, 〈일송정 푸른 솔은….〉 이라는 가곡을 노래한다.

미령과 직원들은 다 같이 웃으며, 그의 노래를 들었다. 그의 목소리는 좋으나 이런 데가 낯선 듯, 마냥 수줍다.

'흠!!! 그런 그의 모습이 마치 소년 같네. 호호'

미령은 속으로 생각하면서 그를 미소를 띤 얼굴로, 가만히 바라본다. 그의 얼굴엔 홍조가 가득하고, 하얀 얼굴, 가는 손가락, 체크무늬 재킷과 흰색 셔츠, 멋진 청바지…. 좀 나이가 있으시지만, 청바지 핏도 아주 좋다. 그리고 깔끔한 신발 등등 어느 무엇 하나도 부족함이 없는 차림새로 볼 때, 아마도 그의 성격도 완벽주의 성향이리라! 그렇게 즐거운 회식이 끝나고, 다 같이 즐겁게 인사를 하고 헤어지려는데, 김 선생님이 조용히 미령을 부른다.

"정미령 씨…. 우리 차나 한잔할까요?"

"아. 네!! 그러죠."

미령과 김 선생은 스테이크 하우스 근처의 커피집에 갔다. 커피를 마시는 그의 단정한 손, 그윽이 커피를 마시는 그의 입, 나직이 말하며 미소 짓는 홍조 띤 얼굴….

'아…. 나, 왜 이러니? 왜 가슴이 설레는데? 너. 정신 차려!' 미령은 스스로 다짐하는 듯 말한다. 그러고는 커피 테이블 앞에서, 마주 잡은 두 손에 힘을 준다. 그에게서 그동안 알지 못하던, 그녀가 애써 외면하고 살아온 남자의 느낌이 있었기 때문이다.

3. 새로운 길 위에 서다

미령은 그와 커피를 마시고, 다시 자기 집 앞으로 운전해서 내려주는 김 선생님의 얼굴을 마주 보기가 왠지 부끄러워서, 거의 집 앞에 다다르자 그녀는 얼른 차에서 내려 달라면서, 겨우 작은 목소리로 인사 한마디를 했다.

"김 선생님, 안녕히 가세요. 오늘, 여러 가지로 감사했습니다." 미령은 집에 들어와서, 왠지 딸과 사위를 보기가 부끄럽다. 저녁 자리에 술 한 잔도 해서 그런지, 그녀의 얼굴이 붉다. 딸아이가 미령을 놀린다. "엄마, 웬일 이유?? 호호호! 술을 다 하시고??"

미령은 무안하여 얼른 자신의 방으로 올라간다. 마치, 나를 아슬아슬한 사춘기 딸 대하듯 하는 그녀의 딸과 사위다.

"에고. 빨리 내 방을 구해야지 원~~" 입으로는 푸념하지만, 그녀는 자신의 방에서 아주 편안히, 그리고 왠지 모를 설렘으로 깊은 잠을 잔다.

　　　　　　　　　　연보랏빛 고운 꽃이 피었습니다

그다음 날, 전날 회식의 후유증으로 다들 피곤한 것 같다. 미령도 몸이 무겁고, 온몸이 나른하여, 하품을 연신 하며 상담 사무실 내의 커피를 마시려고, 일어서려는데, 아침 9시가 되었다. 그녀는 아직도 정신이 몽롱한데, 저 상담실의 유리 앞문이 열리고 누가 환하게 웃으며 들어온다.

"응? 누구시지? 누가 이 아침부터…?"

"저런. 김샘이시네요. 호호호!"

미령의 자리 옆에 앉은 사라 씨가 웃으며 말한다. 그가 양손에 커피를 잔뜩 받쳐 들고 온다. 그러고는 10명, 상담소 직원 전원에게 별 다방의 커피를 하나씩 건네준다. 상담소에 향긋한 커피 내음이 퍼진다.

"바로 옆 건물이 내 진료실이에요. 다들 피곤할 것 같아서요. 다 같이 커피 마시려고 왔어요. 하하!"

다소 놀라는 그녀에게 뭔가, 마음을 들켜 무안한 듯이 그는 수줍은 미소를 띠며, 모두에게 들으라는 듯이 조곤조곤 말한다.

'아. 저런!! 육십 대 중반 남자의 저런 수줍은 미소라니…!'

그가 자연스레 미령의 옆자리에 앉는다. 그녀는 그와 같이 모닝커피를 마시며, 상담소에 관한 일이며, 앞으로의 자신의 일정에 대해 의논한다. '같이 의논한다.' 아…. 이 얼마나 좋은 단어인가? 누구에게도 마음을 놓고, 편히 의지할 수 없었던 그녀에게, 그는 모든 면에서 의지할 만한 사람이 될 것이란 예감이 든다. 그와 잠시 하는 커피 타임이 얼마나 그녀 일상의 삶에 힘이 되었는지, 바쁜 상담소 일정도, 자신이 해내야 해야 하는 공부도 힘들지 않았다.

'흠…. 내가 빨리 내 공부를 마치고, 매일 상담소에 나가서 그의 얼굴을 본다면, 아…. 얼마나 좋을까?? 후후훗…!'

미령은 이런 생각을 하는 자신이 놀랍고, 한편으로는 우습기도 하다! 그다음 날은 상담소 일이 없는 날이어서, 미령은 온종일 학교에서 공부하고, 은별이와 점심을 먹고, 도서관에서 공부하다가 어둑해져서야 집에 왔다. 빨리 저녁을 해 먹고, 공부한다고 말하고는 일찍 내 방에 올라왔다. 미령은 '아. 빨리 내일이 되었으면….' 잠자리에 들면서 내일을 이렇게 간절히 원하기는 처음이다. 그다음 날, 9시가 되자, 또 김 선생님이 커피를 양손에 들고 오시고, 미령은 이렇게 그와 함께하는 하루하루가 즐겁다. 그런 날은 하루가 얼마나 금방 가던지, 이렇게 세월이 빨리 흘렀으면 좋겠다고 생각하면서, 그녀는 더욱 공부와 상담일에 매진한다.

때로 힘에 부치고, 하기도 싫고, 사람들의 끝없이 이어지는 힘든 얘기들이 듣고 싶지 않을 때도 사실 많았다. 특히 내 마음이 무겁고, 힘들 때더욱 그랬다. 상담해 주는 일은 상담 내담자, 방문자. 그런 사람들에 대한 근본적인 관심과 애정이 없으면 절대 안 되는 일이다. 그렇게 자신의 힘든 것을 털어놓고, 말할 사람이 있다는 게, 누구에게도 말할 사람이 없던 그녀에게는 얼마나 큰 위로가 되던지…!

평생 맏이로, 큰누나로 살면서, 잠깐 부부로 살았던 전 남편을 포함해서, 누군가에게 한 번도 기대 보지 못한 삶이었기에, 미령은 요즘 하루하루가 마치 소풍 가는 아이처럼 기다려지는 것이다. 요즈음 상담소에서 보

연보랏빛 고운 꽃이 피었습니다

내는 시간은 너무 빨리 즐겁게 지나가고, 사람들을 만나고 상담하는 힘든 과정들이 힘들지 않다. 그녀는 '아. 이렇게 시간이 빨리 흘러도 좋겠다.'라고 생각한다. 그렇다! 이렇게 나이 든다는 것도 멋진 일이 아닐까…. 미령은 요즘 달라진 자기 얼굴에서, 자신의 밝아진 표정에서, 자신도 놀라운 변화를 느끼고 있었다.

저 창밖에서는, 흰빛으로 빛나는 가로등 하나가 적막한 밤에 창백하게 빛나고 있다. 오늘은 날이 흐려서 달도, 별도 없는 밤인데, 미령은 마치 그것이 달인 듯, 저 가로등을 망연히 바라보았다. 이전의 달동네에서 바라보았던 그달! 모든 상황에 절망하면서, 오로지 마음의 소원 하나로 그달을 바라보던 그때가 생각났다. 요즈음 이상하게도 그녀의 마음속에는 뭔가, 그전엔 미처 알지 못했던 욕심이, 감히 바라서는 안 될 것 같은 '사랑에 대한 갈구'가, 그녀 안에서 춥고 황량한 긴 겨울을 지나 따뜻한 첫봄에 아지랑이가 피어오르듯이, 스멀스멀 올라오고 있었다.

미령은 괜히 이런 자신이 스스로 부끄러워서, 침대 위 이불을 뒤집어쓰고 깊은 잠이 들었다. 이상하게도 늘 그녀를 괴롭히던 불면증도 없어진 나날이었다. 그날 미령이 거의 일을 마치려 하는 오후 시간이었다. 그날같이 근무하시던 김 선생님이 다가오시더니, "미령 씨, 오늘 같이 저녁이나 할까요?" 하신다. 상담소 근처에는 마땅한 곳이 없어서 좀 멀리 차를 타고 나갔다. 그녀가 좋아하는 일전의 그곳, 허드슨강을 내려다보는 분위기 있는 레스토랑인데, 그곳은 같이 산책하기도 커피 마시기도 좋은 곳이다.

"미령 씨에게 오늘 뭔가 맛있는 거, 사 드리고 싶었어요~"

"아…! 네에. 감사합니다!! 호호."

미령은 되도록 밝게 얘기하면서 웃었지만, 이런 밝은 자신의 음성이 낯설다. 레스토랑에 도착해서 주문하고, 음식을 기다리고 있는데, 왠지 어색함이 가득히 그들을 에워싸고 있다. 맛있게 익혀져 나온 '티본스테이크'는 그의 것이고, 나는 '랍스터 테일'을 시켰다. 먼저 빵과 샐러드, 그리고 따뜻한 수프가 나오고, 그다음에 메인 디시가 나온다. 먼저 스테이크가 나왔는데, 그는 자기 고기를 먹기 좋게 잘게 썰어 미령에게도 건네준다. 그리곤 랍스터 테일이 나오자, 그가 이것을 잘 정리해서 그녀의 접시에 담아준다. 아…! 그의 다정한 손길이, 그가 건넨 잘게 썬 고기 조각이, 일일이 먹기 좋게 다듬어 준 랍스터가, 그의 다정스러운 눈길이, 오늘은 왜 이렇게 가슴 저리게 다가오는 것인지?

그 둘은 정말 오랜만에 맛나게, 그리고 기분 좋게 저녁을 먹었다. 저 멀리서 잔잔히 들려오는 오울드 팝송과 그곳의 분위기 있는 재즈 음악도 오늘 밤의 분위기를 더 설레게 만들어 준다. '아, 이런 분위기 있는 저녁 식사! 좋은 사람과의 맛있는 식사와 커피를 마시는 이런 시간이 과연 얼마만인지…!' 미령은 이렇게 행복한 적이 있었나? 할 정도로 이 시간이 행복하고, 좋았다. 식사 후에, 미령은 그에게 깍듯이 인사를 하였다.

"오늘, 맛난 저녁 식사. 감사합니다! 김 선생님!"
"하하, 오히려 내가 고맙지요! 미령 씨. 맛있게 잘 먹어줘서, 고마워요!"

그와 같이 차를 마시러, 그 옆에 있는 허드슨강을 바라보는 고즈넉한

연보랏빛 고운 꽃이 피었습니다

카페로 갔다. 그 카페 안에는 사람이 거의 없어서, 둘은 강가를 바로 내려다보이는 좋은 자리에 마주 앉았다.

아…! 하얗게 빛나는 달빛에, 저 강가의 잔잔한 물결이 흔들리고, 칠흑같이 검은 하늘엔 뭇별들이 보석을 박은 듯이 저 멀리서 눈부시게 총총하다.

'이렇게 아름다운 밤이, 과연 내 생애에 몇 번이나 있을까?' 미령은 이런 생각을 하며, 왠지 울컥하는 마음이 들었다! 그때 카페에서 들리던 음악이 너무 슬퍼서, 그만 그녀는 두 눈에 눈물이 스르르 맺힌다. 그가 그런 미령을 가만히 바라보더니, 나직한 음성으로 말한다.

"미령 씨, 사실은 나도 이렇게 미령 씨와 단둘이서 만나기까지 많이 망설였지만, 그저 나를 편한 오라비라 생각하고, 그동안 자신의 마음속 슬픔을 털어놔 봐요. 그건, 내 전문이잖아요…?"

미령은 그동안 살아온 자신의 이야기들을, 눈물을 흘리면서 그에게 쭉 말했다. 이렇게 누군가에게 자신의 삶을 얘기하는 것이 처음이었다.

"흠…. 아, 그랬었군요…! 난 미령 씨가 너무 밝아서, 그런 힘든 과거가 있는 줄은 전혀 몰랐어요. 그동안 살면서 얼마나 아팠을까…?" 깊이 마음을 열어 그녀의 말에 동감하며, 그 또한 가슴이 아픈 듯이 이렇게 말해 주는 그의 음성에서 나를 누이처럼 깊게 아끼고, 생각해 주는 큰 오라비의 마음이 느껴진다. 그녀는 왠지 모를 감정으로 울컥해지는데, 그의 따스한 손이 다가와서, 그녀의 작고 하얀 손을 잡는다.

'저런. 어떻게 해야 하나!' 미령은 가슴이 덜컹 내려앉는 기분이다! 그녀는 당황하여, 얼른 손을 빼면서 급히 말해본다.

"어휴…. 시간이 많이 늦었어요! 사모님이 걱정하시겠어요?"

"아. 내가 아직 말을 못 했지요? 난 3년 전부터 그 사람과 별거 중이에
요. 이혼은 혼기가 찬 아이들 때문에, 아직 못 하고, 이제 곧 1년 안에 다
정리할 거예요."

평소의 담담한 그의 모습과는 달리, 이렇게 말하는 그의 얼굴빛이 흐리
다. 이런 상황을 설명하는 그의 삶, 또한 평탄치 않았으리라! 이렇게 서로
의 삶과 서로에 대한 간절한 마음이, 그들의 안타까운 눈빛으로 교차하는
순간이었다! 힘든 삶을 살아온 사람들은 말하지 않아도 다 안다. 그들은
말없이 차를 타고, 먼저 미령의 집 방향으로 간다! 그녀를 집 앞에 내려주
고는, 다시 그는 30분 거리를 운전해서 자기 집으로 가는 것이다. 미령은
그 자리에 가만히 서서, 그가 차를 타고 돌아가는 뒷모습을 오래오래 바
라보았다. 그녀 집 앞의 오렌지색 가로등 불빛이 그녀의 눈물방울에 흔들
리고, 그의 외로운 뒷모습을 바라보던 그녀의 마음도 흔들린다. 딸네 집
으로 돌아가는 그녀의 발걸음은 못내 무겁고, 마음 또한 어둡다. 무엇인
가 돌로 누르는 듯이, 미령은 가슴이 답답하다고 느낀다. 미령은 잠시 집
앞의 작은 벤치에 앉아 숨을 고른다. 그녀는 멍하니, 짙은 어둠이 내린 거
리를 바라다본다. 그와 나, 그들은 오랜 시간 동안, 서로 다른 길을 걸어온
사람들…. 그러나 그에게 향하는 미령의 마음이, 또한 그녀를 바라보는
그의 마음이 오늘, 이 밤에 왜 이다지도 슬프게 느껴지는 것인지…! 그 밤
은 그렇게 가만히, 슬프도록 조용히 깊어가고 있었다.

연보랏빛 고운 꽃이 피었습니다

4. 김명우, 늦게 사랑을 만나다

그의 한국 이름은 '김명우'이다. 그는 올해 62세를 넘겼고, 이제 5년 후면 은퇴하는 미국 뉴욕에 사는 평범한 정신과 의사이다. 그는 천주교에 몸담고 있고, 봉사와 헌신으로 교포 사회의 제법 저명한 인사가 되었지만 그저 주어진 일을 열심히 하다 보니, 이렇게 정신없이 나이를 먹었고, 이제 은퇴를 앞둔 은발의 흔한 교포 노인이 되었다. 비교적 얼굴이 동안이어서, 염색하면 젊어 보인다고 하지만 그는 육십이 되면서부터 염색을 안하고, 외려 나이 들어 보이는 게 좋은, 이제는 남은 삶에 큰 집착도, 그다지 행복한 것도 없는 삶을 살고 있다. 그것은 행복하지 못한 결혼 생활로 인해, 삶에 별로 꿈도 없이 살아가고 있고, 그저 아버지로 사는 삶만 잘 꾸린 후에 모든 것을 아내에게 주고, 그 사람과 이혼하여 편안히 조용한 시골에서 꽃이나 가꾸며 살고 싶은 것이, 소박하게 남겨진 그의 노후의 소망이다. 그러나 자신의 현실은 지금 어떤가? 마음에 못내 안쓰러운 미령을 딸네 집에 내려놓고, 그는 아무 생각 없이 핸들을 잡는다. 뭔가 머릿속이 복잡할 때, 아무도 없는 밤에 시원한 고속도로에 나가 야간 운전을 하는 것이 그의 오랜 습관이다. 빠른 속도로 차를 몰아본다. 현재 혼자 사는 그의 아파트는 이 속도로 간다면, 15분 정도 걸릴 것이다.

명우는 처음에 미령을 만난 날이 또렷이 생각난다. 검은색 투피스 정장. 작은 진주 목걸이. 평범한 옷과 그 작은 목걸이 하나만으로도, 그녀는 빛났다. 그녀 주위가 환해지는 느낌이 있었던 것 같다. 그녀가 처음 내게 작은 손을 내밀며, "안녕하세요?" 그리곤 희미한 미소를 띠었었다. 바로 그때! 그는 귀에서 "뎅그렁. 뎅그렁…!" 교회의 맑은 종소리가 자신의 귓가에 퍼지는 것 같았다. 또한 맑은 웃음을 띠던 그녀 뒤에서 환하게, 밝게 빛나던 그 어떤 빛이 있었다. 명우는 깜짝 놀랐다. 바로 그 순간! 이젠 차갑게 식어 버린 그의 가슴이, 뜨거운 어떤 감정으로 인해, 철렁 내려앉는 기분이었다.

돌이켜 보면 그의 아내를 만난 날도 이런 느낌은 없었다. 그저, 결혼할 시간이 되어 고생하시던 어머님이 원하는 사람이라서, 그리고 앞으로 남은 레지던트며, 전문의 과정에 그녀의 집안이 넉넉하여 뒷바라지해 준다는 말에, 내 뒷바라지에 고생만 하시던 내 어머니와 내 동생들을 좀 더 편하게 해주려고, 그는 급히 결혼을 결심했다. 그리고 상대 여성이 전문 지식을 가진 똑똑한 여성이라서 그저 각자의 길을 가면 되겠지! 하며 쉽게 결혼이란 걸 하고, 미국에 같이 와서 그는 남은 공부를 마치고, 그의 아내는 보석 사업을 했다. 그리고 그저 의무감으로 아이를 낳고, 1남 1녀를 같이 길렀었다.

그의 아내는 너무 고집이 세고 자기주장이 강한 여자였다. 전혀 여자다움이 없이 그저 돈. 돈밖에 모르고, 오직! 큰 집 사고, 좋은 차에, 사업을 크게 하여 돈을 모으는 것만이 삶의 목적인 너무 현실적인 여자. 내 가진 모든 재산과 집도 다 부인의 소유로 해주었지만, 그녀의 재물에 대한 현실적 욕심은 끝이 없었다. 주말마다, 보험이 없는 교포를 대상으로 하는 나의 무료 진료도 크게 반대하고, 나의 종교 활동도 "필요 없는데, 시간 낭비한다"라면서 아주 싫어하는 사람이었다. 취미나, 삶의 목표나, 무엇 하

연보랏빛 고운 꽃이 피었습니다

나 맞는 게 없는 우리 부부였다.

이제 아이들이 다 커서, 직장을 갖고 집에서 독립한 후에 나는 병원 근처에 작은 아파트를 하나 얻어 나오고, 우리 집과 차, 부동산 등은 다 아내 몫으로 남겨 주고 나는 몸만 나왔다. 몇 년째, 다정한 포옹이나, 손 한번 잡은 적이 없었고, 집에 와서도 내 집이라는 안정감이나 아내가 해주는 따뜻한 음식, 따스한 말 한마디 들은 적이 없었다. 같이 사는 부인의 사랑을 느껴 본 적이 없이, 늘 겨울 북풍이 몰아치는 들판에 홀로 서서 거센 바람을 맞는 듯이, 깊은 고독 속에서 살아온 그였다. 그들 부부는 한집에 살았지만, 서로 다른 세상을, 서로 다른 가치관을 지닌 채로, 각자 외롭게 살아왔다. 깊게 한숨을 쉬며 명우는 지나온 자기 삶과 미래를 이 밤에 생각해 보았다.

'아. 아무도 모르는 곳에 가서, 나 홀로 바람을 쐬고 싶다.'

이 늦은 밤, 명우는 아무도 없는 고속도로에 나가본다. 차 몇 대만이 지날 뿐인 지금…! 출, 퇴근 시간의 복잡함이 사라지고, 오직 가로등 몇 개와 그의 차의 헤드라이트만이 그가 가려는 길을 비춰준다. 아무도 없는 사차선 도로 위의 길을 그는 빠른 속도로 운전하며, 한 손에는 담배를 들고, 다른 손으로는 차 문을 내린다. 명우는 오랜만에 담배를 피워 본다. 담배를 길게 한 모금 차의 창문 밖으로 내뱉자, 그의 담배 연기가 저 도로 위로 그의 한숨처럼 낱낱이 흩어진다.

'아…! 벌써 계절은 봄인가?' 차 창문으로 들어오는 봄기운. 아직은 공기가 차갑다. 그는 머릿속이 맑아지며, 내가 지금 해야 할 이 모든 것이 환해진다. 그가 아내와 별거를 한 지는 2년째, 이혼은 아이들을 다 출가시킨 후에 하려고 마음을 먹었지만, 그는 결심해 본다.

'미령을 위해서는 빨리 이혼해야 한다. 불행했던 그녀를 더 이상 슬프게 하지는 말아야지…! 평생 일만 하고 살아온 나도, 이제 내 인생도 사랑하는 그녀와 함께 이제라도 제대로, 즐겁게 한번 살아 보고 싶다…!' 사실, 큰 의미도, 절절한 사랑도 없이, 결혼 생활을 오직 의무로 감당해 온 그였다. 그러나 가정생활과 자기 일에는 최선을 다했다고 자부해 온 그다.

그러나 이미 그들은 삶의 환한 웃음이나, 소소한 삶의 즐거움, 부부간의 애틋한 사랑 따위는 이미 저 멀리에 던져두고 산 지 오래였다. 거의 30여 년을 정신과 의사로 살아오면서, 한 번도 '내가 지금 행복한가?' 자신에게 자문해 보지 않은 그였다. 자신에게 상담하는 환자들에게는 행복한 길을 알려주고, 같이 고민하는 그였지만, 정작 자기의 행복이나 삶의 궁극적 목적에는 관심을 두지 못한 채로, 그저 하루하루 살아왔다. 그러던 그가 처음으로 '자기 삶'을, 그리고 자신에게 중요한 '사랑'과 남은 시간 동안의 자신만의 '행복'을 생각해 보던 밤이었다!

5. 지날 것 같지 않던, 긴 밤이 지나고

다시 새로운 아침이 온다. 미령은 오늘도 바쁘게 출근 준비를 하고 상담소에 간다. 이렇게 일상의 하루가 물처럼 흐르고, 그다음 날이면, 다시 그녀는 김 선생님을 뵌다. 이런 날이면 그녀는 아침부터 마음이 일렁거린다. 남들처럼 예쁜 옷도 입고 싶고, 예쁘게 화장도 잘하고 싶다. 그저 한 여자로 그에게 보이고 싶고, 나 자신도 여자임을 느끼고 싶다.

'얼마나 오랜 시간 동안, 여자인 나를 잊고 지냈던가?'

그러나 현실은 역시 검은 정장과 단순한 액세서리뿐이다. 갑자기 환한 옷을 입고 가자니 남들 눈에 그렇고…. 그녀는 화장을 좀 더 화사하게 해 보았다. 딸이 선물해 준 핑크 립스틱, 뺨에도 화사하게 볼 터치. 좀 더 하얀 얼굴빛을 내려고, 오랫동안 써보지 않던 분홍빛 베이스 크림을 바른다. 미령은 이런 자신에게 깜짝 놀란다.

'아…. 나 왜 이러니!!! 제발. 미령아, 이러지 말자.'

미령은 자신에게 스스로 타일러도 보지만, 그것은 아무 소용이 없는 일이었다. 김 선생님이 오시는 날이 되었다. 아침부터 미령은 마음이 즐겁고, 콧노래도 나오고, 마치 그녀의 몸이 저 하늘 위로 날아갈 것 같다.

'늘 그렇듯이, 그는 내가 좋아하는 커피를 사서 와서 내 옆에서 같이 마실 것이고, 도란도란 서로의 오늘 일과를 얘기하겠지…!'

벌써 9시가 되었다. 문득, 창밖을 내려다보니, 저 멀리에서 차에서 내려 우리 상담소로 향하는 그의 은발이, 검은 뿔테 안경을 쓴 그의 하얀 얼굴이 보인다. 그는 오늘 하늘색 셔츠와 빛바랜 청바지를 입으셨는데, 그런 그가 저 하늘처럼 푸르고, 맑아 보인다! 그와 함께하는 이 시간이 미령은 너무 즐겁다. 늘 얼굴이 어두웠던 김 선생님도 요즈음 부쩍, 얼굴이 밝아진 것 같다. 그도 얼굴에 늘 깊은 그늘이 있으셨는데, 요즘은 잘 웃으시고, 밝아지신 것 같다. 그들은 매주 금요일마다 같이 식사한다. 이런저런 얘기도 하고, 서로의 힘든 것도 얘기하다 보니, 어느새 그들은 오누이, 혹은 오랜 친구 같아졌다.

'그래. 이 정도로만, 다정한 오랜 친구 같고, 든든한 큰 오빠 같은 분이 한 분만 있으면, 그걸로 된 거지…!'

혹시라도 욕심이 나서, 서투른 다른 이상한 감정이 생길까! 스스로 자신을 경계하며, 그들은 조심스레 만났다. 왜냐하면, 아직은 그의 신분이 완전한 싱글이 아니기 때문이다. 혹 다른 일정으로 그와의 금요일 약속이 깨어지면, 미령은 그렇게 섭섭할 수가 없었다. 어느새 미령의 마음속에 그가 점점 친구에서 더 큰 존재가 되어감에, 그녀는 점차 두렵기도 하였다. 어느새 봄이 창가에 성큼 다가와 있었다. 창밖엔 개나리며, 진달래, 온갖 봄꽃들이 만발하였지만, 그러나 미령의 마음속에 봄은 아직 오지 않았다. 그녀 스스로 깊은 겨울 속에 자신을 꼭 가두고 있었다.

어느 나른한 5월의 봄날이었다. 우리 상담소의 직원인 사라 씨가 미령에게 묵직한 일정표를 건네준다.

"미령 언니! 이번에는 그 모임에 사회자로 꼭 가서야 한대요!"

"뭐라고…? 나보고 세미나에서 전체 사회를 맡으라고?"

매년 봄에 열리는 세미나가 있는데, 그것은 '미국 내의 한인 상담학자들의 모임'이다. 그 모임의 전체 운영진 중의 한 분이, 우리 대학 동창회에서 사회자로 소개된 미령을 보시고는 추천하셨다 한다.

'세미나는 사실, 금요일 하루 일정인데, 한 번도 가 보지 않은 도시-시카고라고 하니, 흠! 간 김에, 도시 관광이나 하고, 일요일에 올라와야지.' 그녀는 비행기 예약을 하고, 호텔 예약도 한다. 이것은 전적으로 세미나 주최 측의 부담이다. 오랜만의 타지 출장이라, 미령의 마음이 들뜬다. 그때였다. 김 선생님이 상담소로 들어오신다.

"미령 씨. 출장을 시카고에 세미나 일정으로 가신다고요…?"
"네. 다음 주 주말, 금, 토, 일까지 거기에 있다 오려고요!"
"아…! 잘되었군요, 나도 갈 일이 있어요. 마침 거기 내 친구가 있는데, 몸이 아주 아파서, 내가 다음 주 금요일에 위문하러 간다고 했어요."
"네에…? 정말요? 호호…!"

이런 믿기지 않는 일정, 아마도 미령의 일정을 사라 씨에게 받고서, 그도 미리 약속을 만든 듯하였다.
'우리가 늘 만나던 금요일에 같이 저 먼 곳으로, 비행기를 같이 타고 가서 다른 곳에서 만나다니…!' 미령은 마음이 설레다 못해, 그녀 안의 심장이 터지는 것 같았다. 그 한 주의 시간이 빠르게 흐르고, 드디어 약속한 날, 목요일 오후이다. 미령과 명우는 금요일 아침부터 일정이 있기에, 그 전날 목요일 오후 비행기로 시카고로 가기로 하였다.

뉴욕의 JFK 공항에서의 만남! 미령은 너무 설레서 지난밤을 꼬박 새웠다. 평상복 차림에 모자를 쓰고, 세미나에 필요한 정장을 넣은 빨간색 캐리어를 끌고 간다! 내 딸이 이번 여행을 위해서 특별히 마련해 준 것이다. 오늘만큼은 보통의 비즈니스 출장처럼 보이기가 싫었다. 저 멀리 명우 씨가 보인다. 그도 미령처럼, 역시 격식 없는 차림이다.

'호호호. 우리는 아마도 같은 마음인가 보다⋯!' 그들 둘이는 서로 반가움에 아무런 생각 없이 두 손을 꼬옥 잡고 걸었다. 마치 부부인 양, 연인인 양, 그들 둘이는 그 누구도 의식하지 않고, 당당히 비행기에 올랐다. 너무 행복한 시간, 비행기가 한 열 시간쯤 갔으면 좋겠단 생각을 하며, 미령과 명우는 단 두 시간 만에 그들의 목적지인 '시카고'에 도착했다. 미령은 세미나가 열리는 호텔로, 그는 자기의 친구 집에 간다. 호텔과 그 집 사이의 거리는 차로 30분 거리이다. 그가 공항에서 차를 렌트하고, 그 차를 몰아 그녀를 먼저 호텔에 내려준다.

"금요일 사회, 잘해요! 내가 멀리서 응원할게요."

"네에⋯! 뭐 적당히 하면 돼요. 호호호!"

미령은 자신도 놀랄 정도로 목소리가 들뜨고, 마음이 설렌다! 그녀는 호텔의 자신의 방으로 와서 짐을 풀고 내일 있을 세미나 준비를 한다.

'명우 씨가 내일 세미나 끝나는 오후에 나를 데리러 온다고 했지.' 평소, 차분한 미령이지만, 오늘은 저녁 내내 마음이 들떠서, 내일 있을 세미나 준비가 잘되지를 않는다. 겨우 마음을 다잡고, 내일 있을 세미나 준비를 조금 하고 나서, 그녀는 곧 깊은 잠이 들었다!

드디어 새로운 도시에서의 눈부신 아침이 밝았다. '바람의 도시-시카고'라더니, 바닷가 호텔 밖으로 내다보는 그 도시는 바람도 많고, 세계적인 비즈니스 도시답게 큰 건물과 바닷가 근처의 조망이 아주 멋지다. 미령은 아침부터 들뜬 마음으로 즐겁게 샤워를 마치고, 검은 정장과 진주

연보랏빛 고운 꽃이 피었습니다

목걸이와 귀걸이, 딸아이가 준 진주 브로치까지, 옷차림도 신경을 쓰면서, 화장도 제법 정성 들여서 해 본다. 호텔 조식을 대충 먹고는, 그녀는 급히 오늘 일정이 있는 '세미나실'에 올라갔다. 그곳의 마이크며, 오늘 일정과 자신이 검토할 자료들이 메인 룸에 잘 전송되었는지 보고, 차분히 목소리를 가다듬는다. 그나마 이런 모임을 몇 번이나 했기에, 그다지 걱정은 없다. 그때다! 저 멀리서 누가 손을 흔들며, 다가온다.

"김샘…? 어머, 웬일이세요…?"

"하하, 놀랐지? 자네 진행하는 거 보려고, 내 친구한테 승낙을 받고 왔지!"

드디어 세미나가 시작되어, 미령은 무대 중앙의 강단에 올랐다. 늘 하던 대로, 아니 더 이상 신경을 쓰면서 진행했다. 그녀는 한국에서 회사 시절부터 이런 경험도 많았고, 평소 대중 앞에서 말을 잘하기에, 별로 신경을 쓰지 않아도 주로 칭찬을 듣곤 하였지만, 이번에는 명우 씨께 꼭 칭찬을 듣고 싶었다. 첫 발제자 소개를 마치고 들어가면서, 저 멀리 그를 보니 고개를 끄덕이신다. 그리곤 미령을 향해 '엄지척!!!' 하신다. 그의 환한 얼굴이 좋아 보이고, 그를 보는 미령 자신도 기분이 좋았다.

미령은 그날 오후의 세미나 시간이 지겹게 지나간다고 생각한다. 아무 소리도 듣기 싫고, 빨리 시간이 지나서 명우 씨와 저녁 약속 장소에 빨리 나가고 싶었다.

'아. 이렇게 간절히 누군가를 그리워하고, 그와 만남을 꿈꾸고, 설레던 적이 있었던가?'

미령은 이런 상황에서, 문득 자기 자신에게 놀란다. 저 까마득한 옛날,

첫사랑이었던, '수호와의 만남'이 그러했던 것 같다. 그리고 수많은 세월이 흘러서, 지금 미국의 한 도시에서, 그녀는 다시 누군가를 마음속에 간절히 그리워하며, 이 자리에 와 있는 것이다. 서로를 그리워하면서, 얼마나 기다렸던 단둘만의 '황홀한 저녁의 시간'이 점점 다가오고 있었다. 세미나실의 사회자인 미령도, 저 아래에서 그녀를 보고 있던 명우도 가슴이 떨려 온다. 간절히 바라던 그 시간은 미령과 명우 앞에 이렇게 꿈처럼 다가오고 있었다!

6. 아주 오래된 연인들의 노래

꿈같았던 5월의 그 출장 이후에, 미령은 명우 씨와 상담소에서 만날 때는 더 조심하면서, 그들의 사랑을 키워나갔다. 왜냐하면, 아직 그분이 완전히 자유로운 신분이 아니어서 몹시 조심스러웠다. 특히 딸, 은별이가 그 사실을 알게 될까? 하여, 미령은 내내 마음을 졸이며 만나게 되었고, 그 때문에 큰 행복감 너머에 내내 불안한 마음이 깔려 있음을 모르지 않았다.

그러나 계절은 벌써, 6월이다. 초여름의 햇살이 창가에 뜨겁게 내리쬐면서, 여름이 되어간다. 날이 무더워지면서 소나기가 세차게 내리고, 밤에도 바람이 많이 불어, 그녀 방문의 창문이 덜컹거린다. 미령은 늦게까지 상담소의 리포트며, 전공 책을 읽느라 그녀는 잘 시간이 지나, 늦게서야 겨우 선잠이 들었다.

연보랏빛 고운 꽃이 피었습니다

　미령은 혼자 강가에 비를 맞으며 간다. 옷도 잠옷 바람에, 몹시 추워하
면서 강가에 다다르자, 웬 작은 배 하나가 위태롭게 강가에 매어져 있다.
그녀는 영문도 모른 채, 그 배에 탄다. 그녀는 알지도 못하면서, 왜 깊은
밤에 그 작은 배에 오른 것인가? 더구나 그녀는 수영도 못하는데, 계속 비
는 내리고, 바람도 분다. 바람이 부는 저 멀리 강가에 등대가 깜박인다.
　'분명, 강가였는데…? 웬 등대람?' 그 등대는 빠알간 빛을 반짝이며, 그
녀에게 오라고 하는 것 같았다. 그녀는 노도 젓지 않았지만, 둥실둥실~~
오직 바람에 의지해, 저 빨간 등대 앞에까지 도달했다. 그런데 저런…!!
그곳에 비를 줄줄 맞으면서, 김샘이 홀로 서 계신 것이다. 그녀는 너무 놀
라, 그 등대가 있는 곳에 서둘러 내렸다. 그와 함께 비를 맞으며, 그 둘은
누군가를 기다렸다. 미령이 바람과 비에 추워하자, 그가 따스한 품으로
사랑하는 그녀를 가슴 안에 꼬옥 안아주었다.

　그러다가, 미령은 새벽에 놀라서 잠이 깼다. 왠지 불안한 마음이다.
　'왜 나는 그 빈 배에 올라타고, 그 먼 등대에 홀로 계시던, 김샘의 슬픈
얼굴은 무슨 연유일까?' 그녀는 아침 내내 불안한 마음이다. 이상하다…!

벌써 9시가 되었지만, 그분은 상담실로 들어오시질 않았다. 겨우 11시가 되어서야, 김샘이 지친 듯한 표정으로 들어오신다.

'아, 무슨 일이 있구나.' 그를 본 그녀의 마음이 철렁한다. 미령은 그와 커피를 두 잔 놓고, 가까이 마주 앉았다.

"미령 씨, 정말 미안해요." 그의 목소리는 마치 동굴에서 나오는 듯이 습하게 울린다.

"내 병원에 일이 좀 있어요. 내 환자 중 한 사람이 어제 새벽에 자살했는데, 글쎄…! 그분이 나랑 이상한 관계인 것처럼 유서를 쓰고 목숨을 끊었다나 봐요. 흠…!" 이 말을 하면서 명우는 너무 기가 막힌다는 듯이, 망연자실한 얼굴이다!

"그 여자 환자는 '관계 망상' 환자였는데, 내가 자신과 사랑하다가, 자기를 버리고 다른 여자를 사랑하게 되어서 자신은 목숨을 버린다고…! 더구나 그 아들이 지역의 신문사 기자인데, 그 엄마의 유서를 나에게 알아보지도 않고, 자기 마음대로 추측해서 오늘 신문에 냈나 봐요! 나는 나름대로, 그 여자분의 치료 진단서며, 우리 병원 직원들의 증언 등등을 준비하고 있는데, 혹시라도, 이 사실을 미령 씨가 알고 상처받을까 봐, 그게 제일 걱정이에요! 미령 씨! 나, 믿죠…?"

그 며칠 사이, 마치 몇 년이나 지난 것처럼, 그의 맑은 얼굴에 근심이 가득하고, 목소리는 떨리기조차 한다.

"그럼요! 저는 믿어요. 이 세상 누구의 말도 믿지 않고요. 저는 당신 말만 믿어요! 내 걱정하지 마시고, 얼른 가서서, 남은 일 처리하세요."

연보랏빛 고운 꽃이 피었습니다

미령은 이런 일에 누구보다도 강하다. 감정이 흔들리기는커녕, 혼자 이 세상의 비난에 맞설 그에게 힘이 되어야겠다! 굳게 마음을 먹고 오히려, 미소까지 지으며 그를 보냈다.

'아…! 이러려고, 어젯밤에 그런 꿈을 꾸었나?' 그를 다독여서 보낸 미령은 오후 시간 내내 마음이 어지럽다.

'제발…. 제발, 별다른 일은 없어야 할 텐데….'

미령은 심란한 마음으로 오후를 보내면서, 별일 없이 이 모든 일들이 다 잘 해결되기를 간절히 바라고, 또 바라면서 긴 긴 하루를 보내었다! 김 선생님은 일주일 내내 소송 준비에 바쁘셔서, 상담소에도 못 나오시고, 겨우 전화 통화를 두어 번 했다. '이제 은퇴를 앞두고, 자기 평생의 그 모든 봉사와 헌신이 물거품처럼 사라질 위기에 놓였다니! 아, 과연 그의 마음이 어떨지….'

다시 힘겹게 일주일이 지나고, 무거운 목소리로 명우 씨가 내게 전화를 걸어오셨다. 어떤 일도 아직은 속단하기 어렵다고…. 상황이 그다지 좋아 보이질 않는다고 했다. 그러나 그들은 바쁜 가운데서도, 만나서 같이 차를 마시고, 식사한다. 때로는 긴 메일로 서로를 위로하며 보내기도 하였다. 이렇게 위기 속에서 사랑을 키워가는 그것이, 어쩌면 그들의 사랑을 더욱더 결속시키는가 보았다. 그러던 어느 날, 근무 시간에 김샘이 무겁게 가라앉은 음성으로 연락했다.

"미령 씨, 할 말이 있어요. 우리 만나요. 저녁 7시 그 카페에서…!" 어두운 마음으로 미령도 그 자리에 나가본다. 그 둘은 익숙한 어둠이 내려앉은 바닷가의 그 카페에서 바깥 노을을 하염없이 바라본다. 누구랄 것도 없이 그들은 이제, 서서히 다가오는 '이별'을 직감하고 있었다.

"미령 씨…! 나, 이혼이 힘들 것 같아. 애들 엄마가 이혼에 동의를 안 해 줘…. 그전엔 내가 다 귀찮다는 식이었는데, 요즘 갑자기 나에게 집착해. 그러면서 절대로 이혼은 못 해주니, 알아서 하라는 식이야."

미령 또한, 요즘 여러 생각이 많다. 미국에 사는 은별이와 한국의 은애를 두고 다시 누군가와 재혼하려니 자신도 없고, 주위 사람들에게 내가 김 선생님의 이혼에 관여했다는 뒷소문을 듣게 되는 그런 입장이 싫었다. 특히 상담소에서는 그런 문제가 상당히 까다롭고 예민하다. 아마도, 이혼 전의 애정 문제로 그분이 이혼한 것을 알게 된다면, 그분도 자신의 자리를 내놓아야 할지도 모른다. 배우자 문제에 결격 사유가 있는 사람이, 가정 상담을 하는 것이 마땅찮기 때문이다. 그들은 아무 말이 없이 긴 테이블 위에 놓인 커피를 마시면서 한없이 창밖에 내리는 어둠을 멍하니 바라보다가, 결국은 별말도 없이 각자의 집으로 왔다. 미령은 그와 만남과 뜨거웠던 사랑을 가만히 생각해 본다.

'이것이 한때의 불장난이었던가? 그 사랑이 이렇게 끝나는가? 다시 한번, 내 인생의 뒤안길에서 같이 살아 보고 싶었던 사람, 나이 들어 그와 같이하는 삶을 꿈꾸었는데….

그의 곁에서 나도 곱게 나이 들고 싶었는데….'

미령은 인생의 후반기에 뒤늦게 찾아온 이 사랑이 너무도 야속하기만

연보랏빛 고운 꽃이 피었습니다

하다. 그러나 미령은 모든 상황이 바뀐 것을 실감한다! 이미 그녀의 깊은 사랑이 명우 씨에게로 흘러갔기 때문이다. 다시 그 사랑을 모르는 체하며, 이전처럼 똑같은 일상을 살아갈 수는 없는 일이다. 미령의 마음이 복잡한데, 명우 씨가 며칠 후에 다시 연락하셨다.

"마지막으로 한 번만 더 보자. 미령아…!"

그날이 서로가 마지막으로 만난 날이었다! 같이 걷던 그 길에는 어둠이 조용히 내리고, 저 멀리에 석양이 길게 내려앉은 바닷가에서 둘이는 서로를 아무 말 없이 마주 본다. 이곳은 꽃피던 지난 5월에 같이 와서 깊이 사랑을 한 곳이기도 하여, 더더욱 미령은 마음이 착잡하다!

서로가 서로에게 없으면, 안 될 것 같던 사람.
아직도 내 가슴에는 얼얼한 상처로 남은 사람.
그냥 바라만 보아도 주르륵, 눈물이 나는 사람.

이렇게 둘이는 서로를 안타깝게 마주 보면서, 한잔 가득한 커피를 마시고, 밖으로 나가서 서로의 손을 꼬옥 잡고 바닷가를 걸었다. 그때, 미령의 목에 두른 스카프가 갑자기 불어온 세찬 바닷바람에 날린다. 마치, 그들 둘의 운명을 예감하듯이…! 그 스카프는 그녀의 생일에 명우 씨가 선물로 사 준 것이었다. 스카프가 멀리멀리 바닷가 파도에 휩쓸린다. 흰 물거품을 그리며 파도가 그들의 발길에 머물러도, 그들은 아랑곳하지 않는다. 그러고는 둘이는 서로를 꼬옥 세차게 포옹하고서, 긴 키스를 나눈다. 미령의 눈가가 젖고, 그의 눈물이 그녀 얼굴 위로 방울방울 떨어진다.

'아. 가슴이 미어진다고 해야 할까?

가슴이 내 몸에서 떨어져 나간다고 해야 할까…?

너무 고통스러워서, 미령은 가슴을 저만치에 떼어 놓고 싶다.'

북풍 겨울바람이 메마른 미령의 가슴에 한없이 불어오는 듯하였다. 마치 죽음이 서로를 갈라놓듯이, 그것은 마지막 사랑하는 사람과의 안타까운 입맞춤이었다. 그녀는 그와의 가슴 시린 아픈 이별 후에, 정신없이 상담소에 나가고, 또 공부하면서 그 시간을 견디어 내었다. 아니, 그저 그 악몽 같았던 '이별의 시간'을 흘려보냈다고 말하는 편이 나을 것이다.

그사이에 김 선생님은 30년 넘게 근무하시던, 그 동네의 정신과 병원을 정리하시고, 그 부인도 사업을 정리하고 한인이 없는 깊은 시골 마을로 가셨다고 한다. 그분은 종교가 천주교인데, 오직 봉사 활동으로 그 여생을 보내시려 결심하신 것 같았다. 미령이 간간이 소식을 듣기로, 주로 해외의 힘든 곳에서 '무료 진료'를 하시고, 거의 해외에서 시간을 보내신다고 들었다. 그렇게 할 수밖에 없는 그의 심정이 그대로 헤아려져서, 그녀

또한 모든 삶의 의미가 다 사라져 버리는 것 같았다. 그동안 열심히 하던 상담소 일이며, 그 외의 상담학 공부도 영 재미도 없었고, 무엇보다도 미령은 김 선생님이 계시지 않는 이곳이 싫었다.

'아마 저 하늘이 닿는 그 어딘가에서, 그분도 나름 잘 살고 계시겠지…!' 그녀는 자신을 스스로 달래며, 혼자 살아낼 생각을 해 본다. 미령은 결국 상담소에도 사표를 내서 정리하고, 외롭게 혼자 한국에 나올 준비를 하고 있다. 큰 딸아이도 이제 학업을 마치고, 그동안 기다리던 아기를 가지게 되었다. 마침 딸아이의 시어머님이 한국에서 오셔서 그녀를 돌봐주신다고 하니, 미령은 이곳을 떠나도 이제는 안심이다! 한국에는 아직 내 도움이 필요한 둘째가 있지 않은가!

'그래. 이제 나만 잘 살면 되는 거다…! 한국에서 다시 시작하자. 내 인생에 또 다른 길이 있겠지…!'

7. 삶의 뒤안길에서…

미령은 이제 한국에 혼자 나와, 제2의 삶을 준비하고 있다. 오랜만에 한국으로 나와서, 친하게 지내던 반가운 친구들도 만나고, 미국에서 석사 과정을 마치고, 상담실에서 그녀가 하던 일이 있다 보니, 그 비슷한 '상담소'에 연결이 되어, 현재 미령은 한국의 어느 상담소에서 '상담사'로 일하고 있다. 둘째, 은애는 이제 어엿한 직장인이 되어 좋은 남자친구도 생기고, 충분히 독립적인 어른이 돼 가고 있다.

'그래…. 이 정도면 되었지! 내가 무엇을 더 바랄까?'

이제 미령은 자기 일을 하면서 좋은 사람들과 더불어 사는 즐거움을 느낀다. 그동안 일하느라 나가지 못했던, 또래들의 모임에도 나가고, 전체 고등학교, 대학교 동창회도 오랜만에 나가 보았다. 새롭게 좋은 친구들도 만나고, 미령에게 관심을 두는 또래의 남자들도 여럿이다. 그러나 아직도 그녀의 마음에는 명우 씨의 생각이 가득하다.

'내가 어떻게 그를, 그와의 사랑을 쉽게 잊을까…!'

그의 따뜻한 손, 조용히 말하면서 수줍게 웃던 미소, 그와 함께하였던 커피와 맛난 음식들, 향이 좋은 와인, 멋진 카페의 디저트 등등, 무엇보다도 그와 마지막 나누었던 그 눈물겨운 입맞춤…! 그것이 이 세상의 마지막이라 해도 아무 상관이 없을 것 같다고 미령은 혼자, 생각해 본다.

'그토록 절실한 만남과 깊은 사랑을 인생의 후반기에 내가 경험한 것이, 마치 긴 긴 한여름 밤의 <아름다운 꿈>과 같았구나…! 비록 그와 함께 인생의 후반기를 걸을 수 없다고 해도, 그와 잠시 나눈 그 사랑만으로도 나는 삭막한 사막을 걷는 듯한 이 삶을 아름다운 꽃길처럼 기쁘게 걸을 수 있으리라…!'

이제 저 너머에 해가 지려 한다. 그 해는 오늘도
한낮의 더위와 열기를 간직한 채, 붉게 저물고…

연보랏빛 고운 꽃이 피었습니다

저 석양은 저 산 너머로 자기 모습을 감춘 채
쓸쓸한 저녁을 저 먼 달님에게 부탁하면서
내일을 기약하며 아쉽게 이별을 하는 것이다.
어제의 그 해는 다시 새벽이 되면, 어김없이
내 창문을 찾아오고 나는 사랑하는 내 딸과 함께
새로운 하루를 기쁘게 시작한다.

저 동쪽 창문 너머에 붉은 해처럼, 빠알간 꽃들이 활짝 피었다. 그 꽃은 미령의 마음같이 '붉은 꽃'이다. 한 사람을 깊이 사랑하여 이 세상에 활짝 피려 했었던 그 꽃송이가 활짝 피기도 전에, 이 세상의 거센 비바람에 그만 다 사라져버렸지만, 그녀는 그 순간을 기억하면서, 오늘 하루도 행복하게 살아가는 것이다. 아…! 오늘따라, 저 창문 너머의 여름 하늘은 파랗고,

맑기도 하다. 바람에 실려 오는 저 들꽃 향기는 지금이 한창 초여름이 다가옴을 느끼게 한다.

미령은 여름 바람이 부는 큰 남쪽 창문을 열고서,
이 세상이 나에게 허락한 아름다운 냄새를 한껏 가슴과
마음을 열어 들이마신다.

그것은 슬픔도 아니고, 기쁨이나 행복의 달콤한 향기도
아니었다.

삶의 여러 가지 복잡한 감정이 뒤섞인, 그야말로…!
삶이 나에게만 내려주는 그만의 '고귀한 향기'였다.

연보랏빛 고운 꽃이 피었습니다

내가 살던 고향은…

1. 복사꽃 피던 동네

내가 어릴 적에는 복사꽃이 주변의 동산에 많이 피었었다. 나지막한 집 뒷산에 오르면, 복사꽃이 바람에 날려 온통 분홍 꽃비가 내렸는데, 그 풍경이 너무도 아득하여, 어린 내 두 눈에서는 알지 못할 눈물이 나곤 하였다. 그 동네의 땅 대부분을 가지신 대지주였던 내 할아버지 덕분에, 아버지께서는 일찍이 일본 유학을 다녀오시었다. 일본 유학을 떠나기 전에, 급히 동네의 참한 규수를 물색하여 결혼하시고, 고향을 떠나셨다. 그러다가 몇 년 만에 일본에서 돌아오셔서는 사업을 한다고, 내내 타지를 떠도시어서, 내 어머니는 꽤나 속을 썩으셨다. 그 와중에서도, 특히 여자 문제가 없을 리가 없었다. 돈 많은 집 도련님을 누가 그냥 둘까? 늘 어머니는 집안의 큰살림에, 아버지의 뒷바라지에 허리가 휘는 시절이셨을 것이다!

그 와중에서도 내 위로 장남, 그리고 맏딸인 내가 태어났다. 내 아래로 여동생 셋과 남동생 하나를 더 두시어서, 겉으로는 아주 다복하였지만, 내 어머니는 내내 아버지와 불화하셨던 것 같다. 내가 어릴 적, 그 큰집 살림하느라 힘드셨던 어머니는 아버지의 따뜻한 위로나 사랑도 없이 눈물로 지새우실 때가 많으셨지만, 겉으로는 늘 의연한 대갓집의 '큰 며느리'이셨다. 나는 아직도 내 어머니의 그 꼿꼿한 성정을 기억한다. 당신의 자식들에게는 한없이 어지시면서도, 또한 우리들의 잘못엔 칼처럼 단호하셨던 기억이 난다.

늘 우리 어머니의 안방 위, 다락엔 달콤한 엿이며, 곶감, 한과나, 유과

연보랏빛 고운 꽃이 피었습니다

등이 가득했고, 나는 내 아래 여동생들과 그곳에 숨어들어 가서, 그 꿈결처럼 달콤하던 주전부리들을 맘껏 먹고 나왔었지만, 그것을 다 아시는 어머니는 아무 말씀이 없으셨다. 때론 우리가 좋아하던 옥수수 찐빵을 만들어서 일부러 다락에 올려놓으시기도 했고, 겨울에 먹던 동치미에 군고구마, 찹쌀떡이나 명절 후의 달콤한 식혜나, 수정과는 얼음이 되어서, 우리는 속이 궁금한 추운 날이면, 따뜻한 온돌 위에서 두꺼운 이불을 덮고 먹기도 하였다.

나는 지금도 삶의 위기가 찾아와서, 내 마음이 힘든 날이면, 살금살금 그 다락에 올라가 달콤한 주전부리들을 잔뜩 먹고 나서, 급히 내려오는 꿈을 꾸곤 한다. 새봄이면, 그 뒷동산에 내 여동생들과 올라, 학교에서 배운 노래를 목청껏 부르면서, 들판에 천지로 자라난 들 쑥을 캐기도 했고, 복사꽃이 비처럼 내리던 날이면, 나는 왠지 모를 슬픔이 차올라서, 눈에 눈물이 맺히곤 했었다. 지금 그 눈물의 의미를 가만히 생각해 보면, 비록 어린 나이였어도, 내가 누리는 이 행복이 그다지 오래가지 않을 것 같다는 불안감이 엄습하기도 했었기 때문이었다.

2. 멀리 두고 온 내 고향-'해주'

나는 일찍 개화하여 교회나 학교가 많던 이북의 황해도, 그리고 그중에서도 가장 교육열이 높았던 '해주 출신'이다. 나는 당시 선교사님이 운영하시던 기독교 학교에 다녔는데, 그 당시엔 파격적이게도 푸른 세일러복에 검은 구두를 신고 다녔었다.

그 학교는 그 동네에서 유일하게 나와 내 오빠, 내 남동생에게만 허락된 곳이었다. 다른 여동생들은 근처의 일반 학교에 다른 동네 아이들과 같이 다녔었다. 그 당시엔 그것이 당연하게 생각해서, 내 아래 여동생들은 불평도 없었고, 늘 학교 수업만 끝나면, 놀기 바쁜 자신들과 달리, 언니인 내가 늦게까지 책상에 앉아 공부하는 것을 안쓰럽게 바라보기도 하였다.

그 당시 아무나 입을 수 없었던, 세련된 푸른색의 세일러복을 입은 나는, 그 동네 남자아이들의 로망이었었다. 지금 생각해 보면, 나는 그들에게 큰 관심의 대상이었는데, 그 관심이 오히려 무섭기도 하였다. 그 아이들이 삼삼오오 모여서 시커먼 고무신을 신고서는, 긴 철로 길에 서서 내가 오는 것을 바라보곤 하였는데, 때가 낀 손톱과 험한 손을 가진 그 아이들의 성난 얼굴이 나에 대한 커다란 동경심과 부러움과 질시였음을 나중에 철이 든 후에야 알게 되었다.

그 학교에서도, 공부를 꽤나 잘했던 나는 아버지와 어머니의 자랑이었다. 내 오빠와 남동생은 검은 망토와 사각모를 쓰고 다녀서, 그 동네 여학생들의 로망이었지만, 특히 큰 오빠는 하라는 공부하지 않고, 내내 놀러다니면서 영화를 보고, 동네의 빵집에서 동네 여학생들과 만나는 등…. 외려 부모님의 큰 걱정거리였다. 나중에 오빠는 일본 유학을 보냈지만, 하라는 공부는 하지 않고, 내내 근처의 여학생들과 연애에만 몰두하여 아버지의 큰 걱정거리가 되었었다. 이렇게 늘 사랑과 관심을 받으면서 자라던 어느 날이었다. 우리 동네엔 흉흉한 소문이 돌기 시작했다.

　　　　　　　　　　연보랏빛 고운 꽃이 피었습니다

3. 내 고향을 등지고

　드디어 소문으로만 돌던, 시커먼 인민복을 입은 군인들이 우리 마을에 나타났다. 그중, 대장인 듯한 사내가 험상궂은 얼굴로 나타나서, 우리 아버지께 큰소리로 협박하듯이 말했다. "이보시요! 우리가 이 집을 군인들 숙소로 사용해야겠으니, 내일까지 당장 이 집을 비우시요!"

　이 무슨 청천벽력인가? 그들은 제일 먼저, 동네의 큰 지주를 숙청 대상으로 삼아서, 우리 집과 가진 토지를 다 빼앗는 것이다. 부랴부랴, 근처의 큰 어선을 한 척 구하신 아버지는 우리 식구들과 친척을 다 그 고기잡이 배에 싣고, 다음 날로 고향 땅을 등지게 된다. 곧 나쁜 공산당의 무리가 물러가고, 다시 내 고향으로 오리란 믿음으로, 그 많던 땅과 집들의 문서와 집안의 현금, 그리고 패물들만 가지고 고향을 등지셨는데, 그것이 마지막이 될 줄 아셨을까? 내 아버지는 끝내 밟지 못한 그 땅과 집들의 문서를, 이젠 종잇조각에 불과한 그것들을 평생 끼고 사시다가, 마지막 눈을 감으시면서 유산으로 자식들에게 다 나누어 주셨다. 이미 그것은 아무 '쓸모없는 종이쪽지'에 불과한 것을….

　내 어머니는 그때 임신 중이셨는데, 내 막내 여동생을 그 전쟁 피난하는 와중에 낳으셔서, 내가 거의 그 아이를 업어서 길렀다. 지금도 그 동생은 나에게 살뜰하고, 나 또한 그 동생을 대하는 그 마음이 남다르게 느껴진다! 그렇게, 우리 집에서는 고향에서는 미처 알지 못했던, 힘들고 고된 '피난살이'가 시작되었다. 그 당시에 아무나 입지 못하던, 파란 세일러복을 입고, 그 동네의 귀한 아가씨였던 내가…. 그나마 아기 우윳값이라도 벌려고, 부산역에 껌이며, 초콜릿을 들고 나가 팔기도 하였다. 나에게 부끄러움이 어디 있는가? 내 동생들이 배고파 울고 있는데…!

나는 저녁이면, 그나마 학교에 다녔었던 내 오빠의 책으로 틈틈이 공부하여, 그 어렵다던 부산의 명문인 'K 여중'에 들어갔다. 다들 부잣집 딸이 주로 왔던 그 학교에서 나는 검은 구두 대신에 검은 고무신을 신고, 어머니가 군복을 염색하여 재단해 주신 허름한 교복을 입었지만, 성적은 상위권이었다. 나와 같은 처지의 여학생들이 몇 명 있어서, 그 친구들과는 서로에게 많은 위로와 응원이 되었고, 서로의 모르는 문제를 풀어주면서, 시험 기간에는 그들과 같이 공부하며 서로에게 도움이 되는 역할을 했다.

그래서 중학교를 좋은 성적으로 졸업하고, 나는 다시 명문 'K여고'를 들어갔다. 그 후에 'B 사범대학'에 입학하였고, 나는 대학 공부를 하면서, 대학생 내내 동네의 과외 교사로 4년을 바쁘게 살았다. 이렇게 힘들게 사범대학을 졸업한 후, 나는 내가 다니던 K 여자 중학교의 가정교사로 근무하였다.

4. 우리의 사랑이 꽃피던 시절

우리 집안은 대대로 기독교 집안이다. 그래서 우리 가족은 부산에 오자마자, 영도에 피난민들을 위해 설립된 교회에 나가게 되었다. 그 교회는

연보랏빛 고운 꽃이 피었습니다

나중에 서울의 유명한, 대형 교회가 된 '영락교회'였다! 내 아버지는 그곳에서 장로로, 어머니는 권사로 봉사하셨고, 나는 성경 교사와 성가대로 봉사하였다.

어느 날이다. 우리 작은 교회에 분주한 움직임이 일었다. 성가대의 내또래 아가씨들이 다들 난리다. 화장실에서 거울을 보고, 화장하고, 옷매무새를 다듬는다. '응? 무슨 일이람?'

나는 아무런 동요 없이, 성가대를 마치고, 교회학교 교사로 성경 과목을 가르치고 왔다. 내 옆에 있던 친한 친구가 호들갑스럽게 내게 말한다.

"희야. 니 무슨 말, 여태 몬 들었나?"
"왜? 무슨 일이야? 무슨 말을…?"

나는 황해도, 해주 출신이지만, 그곳 학교에서 표준말을 쓰는 바람에 내내 서울말을 썼다.

"어느 서울대생이, 우리 교회에 색시 될, 참한 아가씨 찾으러 왔다 카던데?"
"어머, 무슨 소리야? 교회가 사람 찾는 데니? 참, 별일이다. 호호!"

나는 그 소리를 애써, 들은 척도 하지 않았다. 그 서울대생은 어머님이 이 교회를 나가시는 바람에, 억지로 이곳에 선을 보려고 내려온 모양이었다. 우리 교회 예배를 마치고 혼자서 언덕길을 내려가는 길인데, 저 앞에 그 사람과 그의 어머님이 걸어간다. 사각모에 서울대 마크가 선명한 검은 교복, 얼굴이 희고, 깔끔한 외모! 내가 한눈의 보기에도 그는 대단히 머리가 좋은 사람 같았고, 모든 일에 자신감이 넘치는 사람이었다. 나는 간단히 목례하고, 그곳을 지나쳤다.

'연애라니…. 내 형편에 가당치도 않은 일이지!'

나는 속으로 생각만 하고 무심히 지나쳤다. 아직 내 동생들이 대학에 다녔고, 나는 그들의 뒷바라지를 해야 하기에…. 나는 낮에는 교사로 근무하면서도, 밤에는 우리 동네의 집집마다, 어린 학생들의 개인 과외를 했다.

며칠 후, 그 집안에서 우리 집으로 연락이 온 모양이다. 그 집안은 평안도 '평양 출신'이라 했고, 집안의 장남에 수재 소리를 들은 그는 이미 중학교부터 서울에서 유학했다고 한다. 그 서울대생은, 자신을 본 척도 않고 지나던, 검은 치마에 흰 광목 블라우스를 입었고, 그러나 눈빛만은 창창하던 한 여성에게 호감이 갔던 모양이다. 그는 가끔 부산에 내려올 적마다, 같이 바닷가에 가서 바람을 쐬고, 다방에서 차도 마시고, 같이 영화도 보았다. 그러나 나는 단호히 말했다.

"저는 아직 어린 동생들 뒷바라지를 해야 하니, 당분간은 누구와도 결혼을 못 해요. 만약, 그래도 제가 좋다면, 좀 기다려 주세요…!"

내 말을 들은 그는 가만히 웃기만 했다. 그 역시, 피난 나온 집안의 맏이로서, 내가 왜 그렇게 말하는지 다 알기 때문이었다. 그렇게 연애를 3년을 했고, 막내 여동생도 교대에 들어갔다. 그 여동생도 공부를 잘했지만, 형편상 교대에 들어가게 되고, 나는 그렇게 기다리던 사람에게 시집을 갔다. 그는 그 당시, 유학 시험을 통과하여, 미국으로 유학을 준비 중이었다. 국비 유학생으로 선발이 되어, 그 당시 그 어렵다던, 미국 서부의 명문, '버

연보랏빛 고운 꽃이 피었습니다

클리 대학원'에 가기로 되어 있었다.

"영희 씨, 같이 유학하러 갑시다. 영희 씨도 공부를 더 하고 싶으면, 하세요!!" 나는 그의 말을 듣고서 너무 기뻤고, 마치 하늘을 날듯이 행복하였다!

'아, 유학이라니…. 평소에 더 공부하고 싶었지만, 집안 형편상, 공부할 더 이상의 엄두를 내지도 못하였는데….' 드디어 그동안 미루어 두었던, 나의 삶을 살 때가 온 것이다. 우리는 부산의 영락교회에서 소박한 결혼식을 올리고, 부산의 작은 집에서 살림을 시작하였다!

5. 결혼과 임신

이상하다! 며칠 내 내, 속이 울렁거린다. 나는 중학교에서 가정 수업 중에 어지러워 조퇴하고, 집 근처의 작은 병원에 가 보았다. '아. 그렇게 조심했는데, 임신이라니….'

나는 곧 남편과 같이 유학하러 가기로 하였지만, 그만 불시에 이루어진 '임신'으로 나의 부푼 꿈은 깨어지고 말았다. 결국 나는 임산부가 되어, 한국에 혼자 남고, 남편만 홀로 미국 유학길에 올랐다. 우리는 내내 편지로 서로의 소식을 전하면서 멀리서나마 서로를 응원했고, 몸이 무거워진 나는 학교에 겨우 출근하다가 드디어 9개월이 지나, 나는 금쪽같은 큰딸을 얻었다. 그로부터 2년 뒤, 남편이 석사과정을 마치고, 여름방학 동안 잠시 한국에 돌아왔다. 정말 오랜만에 나는 남편과 딸아이와 한 가족이 오붓하게 같이 멋진 그곳에서 식사하고, 근처의 좋은 곳에 놀러 다니며 꿈같은 시간을 보냈다.

아…! 꿈같이 즐거운 휴가 기간의 그 어느 날엔가, 나는 다시 임신이 되어 결국 미국에 들어가지 못하게 되었고, 2달 뒤 남편은 다시 혼자 미국에 들어갔다. 나는 다시 혼자 친정에서 딸아이를 키우며, 둘째를 낳을 준비

연보랏빛 고운 꽃이 피었습니다

를 하였다. 학교 수업과 육아, 게다가 다시 임신하였기에 나는 무척 힘든 나날이었다. 그러나 무엇보다도 우리에겐 미래의 밝은 '희망'이 있었기에, 그 시간을 잘 보냈다. 이렇게 긴긴 3년을 보내고 나니, 남편은 미국에서 박사학위를 받고, 다시 한국에 돌아오게 되었다. 유학자금을 대어 준 정부에서, 장차 나라를 위한 '조선학'을 공부하라고 하여서, 그 공부를 드디어 마치고 온 것이다. 남편은 내내 우리 힘으로 국내에서 잠수함을 만들려고 끝없이 노력하였고, 결국 몇 년 뒤, 국내의 모든 학생이 낸 성금으로 우리 잠수함이 빛을 보게 되었다. 그때 내걸었던 표어가 바로 *[우리가 만든 배로 우리 바다 지키자!]*였다.

그 잠수함이 처음 바다로 나가는 날! 우리 딸 둘이 그 테이프를 끊었다. 신문에서 대대적으로 남편의 사진과 두 딸의 사진을 찍고, 나는 여성지 기자와 인터뷰했다. 내 남편이 자랑스럽고, 그의 하는 일이 우리나라에 보탬이 된다는 사실이 너무도 감사했다!

6. 그렇게 세월이 흘러…

매일 남편은 새로운 군함을 만들기 위해, 한 달씩 집을 비우기도 하였다. 주로 해외 출장이었다. 그래서 하는 수 없이 나는 학교를 사직하고, 딸 둘을 키우는 데 전념한다. 그 와중에 나는 다시 임신하였는데, 이번에는 남자아이였다. 남편이 맏이여서, 시부모님의 기대도 있어, 내심으로 아들을 바랐는데…! 남편은 뛸 듯이 기뻐한다. 그가 장남이었기에, 이제야 대를 이을 아들이 태어나서 나는 비로소 안도했다. 이렇게 세월이 흐르고, 남편은 그 후로도 많은 잠수함과 군함의 국산화를 위해 노력하였고, 그 공로로 훈장도 많이 받았다. 아이들은 다행히 아빠를 닮아 공부를 잘했고, 또한 다들 건강하니 걱정이 없었다. 다들 좋은 대학교에 입학하였고, 졸업 후에 큰딸이 먼저 미국으로 유학하러 갔다. 그 후, 연애에 실패한 둘째 딸이 언니 있는 미국으로 급히 공부하러 떠나고, 막내아들도 아빠가 다니던 대학으로 공부를 위해 떠났다. 우리 부부는 아이들이 있는 미국에서 살기로 하고 한국에서의 삶을 다 정리하고 떠나게 되었다.

그도 바쁜 회사 일을 접고 은퇴하여, 정말 이제는 우리 부부만의 시간을 갖게 되고, 그와 우리 아이들의 손주, 손녀를 키우고, 나머지 시간은 교회 봉사를 하며, 주로 시간을 보냈다. 나는 교회에서 한글학교를 만들어 교사로 2세 교포 아이들에게 한국에 대해 가르치며 봉사했고, 남편은 한국에서 금방 유학하러 온 유학생들의 공부나, 영어, 혹은 졸업생의 취업을 도와주며, 보람 있게 지냈다. 이 모든 것이 순조로웠고, 나는 늘 감사하는 마음으로 살았다!

그러던 어느 날이었다. 집에 돌아온, 남편이 어지럽다고 하며, 침대에 눕는다. 그는 한참을 일어나질 못한다. 우리는 좀 쉬다가 근처 병원에 가 보았다. 이런저런 검사를 하고, 며칠 후에 오란다. 며칠 후, 우리는 대수롭지 않게, 생각하고 병원에 갔다. 귀 문제이거나, 빈혈인가? 하였다. 역시, 그 의사 말로는 특별한 이상이 없다고 하여서, 뉴욕의 큰 병원에 예약하고, 같이 가 보았다. 뉴욕의 큰 병원에서, 그 분야의 유명한 의사의 특진을

　　　　　　　　　　　연보랏빛 고운 꽃이 피었습니다

받았다. 그 당시로는 이름도 생소한 혈압의 이상으로 점점 어지럽고, 결국은 일어나지 못하는 희귀한 병이라 한다.

"저런…. 이럴 수가! 세상에…. 하나님…!"

왜 그가 이런 병에 걸려야 하는지, 한평생 나라를 위해 헌신하고, 이제야 처음으로 쉬고, 나와 시간을 보내는 그에게 이게 무슨 일인가? 남는 시간은 주로 봉사하고, 어려운 이웃을 도왔고, 자신의 건강 관리도 열심히 한 그였기에…. 이런 질병은 믿어지지 않았다! 나는 평생 처음으로 내가 믿고, 의지하던 내 하나님을 원망하였다. 나는 너무 낙심하여서, 눈물도 나오질 않고, 내 마음에는 큰 원망이 차올랐다. 그의 낙심한 얼굴…. 나는 기가 막혀 밥도 못 먹고, 며칠을 우리 부부는 얼굴만 바라보며 울었다. 그러다가 마음을 굳게 먹고, 아이들에게 이 소식을 알리고, 우리는 먼저 집을 이사했다. 얼마 지나지 않아, 그는 휠체어를 타고, 침대도 수동으로 움직이는 것으로 바꾸게 되었다. 우리 아이들도 너무 놀라, 다들 금식기도를 하고, 유명한 목사님께 기도도 받았다.

'차라리, 암이라면, 수술이라도 할 텐데….'

남편은 진단받은 후, 그 일 년 사이에, 눈에 띄게 나빠졌다. 밥을 혼자 먹지 못하고, 늘 침대에 누워 지냈다. 결국은 침대에서 누워 지내면서, 대소변도 혼자 해결하지 못하는 중환자가 되고 말았다. 아이들이 주말마다 손자, 손녀를 데리고 와서 재롱을 피우다 돌아간다. 나는 남편과 함께 은퇴 후 같이 조용한 삶을 꿈꾸었기에, 한 번도 그가 없는 삶은 생각도 해 보지 않았었다. 나날이 나빠지는 남편을 보며, 나도 같이 이생을 접을까? 나는 너무 절망하여, 이렇게 나쁜 생각도 하였다.

'홀로 저세상으로 가는 그를, 내가 어떻게 그대로 보낼 수 있을까?' 밤마다 나는 눈물로 하나님께 울부짖으며, 기도하였다.

7. 마지막 이별의 순간

오늘은 미국의 '아버지 날'이다. 6월의 셋째 주 일요일…. 우리 아이들이 다 손주와 손녀들을 데리고 꽃과 음식을 가지고 왔다. 내 딸들이 아버지에게 맛난 음식을 먹여 드리고, 아들과 나는 남편의 목욕을 시켜 드렸다. 어제 이상하게 이발하고 싶다고 하여, 내가 나름대로 깔끔히 머리칼을 잘라 드렸다. 아이들이 밖에서 뛰어노는 모습을 기운 없이 바라보며, 그가 희미하게 웃는다. 이제 잘 웃지도 못하는 그가 흡족히 웃었다. 평안해 보이는 얼굴이었다.

밤이 되어, 아이들이 밤 인사를 하고, 이제 이 밤이 지나고 나면, 새벽에 아이들이 떠날 것이다. 아이들과 함께한, 그 밤이 지나고, 새벽이 되었다. 아이들은 간다고 난리를 하는데…. 내가 아이들 준비해 주느라, 잠시 그에게서 눈을 떼고, 떠날 준비를 하는 그 짬 새에 그만! 그는 홀로 저 먼 세상으로 떠나고 말았다.

더없이 조용히…. 아주 평화스럽게…. 몹시 평안한 얼굴로….

연보랏빛 고운 꽃이 피었습니다

아이들이 다 각자, 집으로 떠날 준비를 하다가, 졸지에 아버지의 임종을 지키지 못하고, 이날-아버지의 날에 모두가 모인 이날에 그가 홀로, 하늘나라로 조용히 떠나갔다. 아이들과 나는 급히 교회에 연락하고, 장지 준비를 하고, 나는 정신이 없어 아무것도 못 하고 있을 때, 아들과 딸들이 모든 장례식 준비를 다 마치었다! 나는 자식들과 정신없이 그의 장례를 치르고, 내가 사는 집 근처 가까운 '공원묘지'에 그를 묻고 돌아왔다. 내가 나중에 세상을 떠날 때, 내가 묻힐 자리도 그 옆에 마련해 두었다! '아…. 이것인가?' 이 삶의 끝에는 아무것도 없었다. 내 모든 삶이 허망하고, 허망하다. 나는 삶의 희망을 놓치고, 아무것도 하고 싶지 않았다. 내가 그와 보낸 한 평생이 정말 꿈같았다. 나는 다시 남편과 살던 집을 팔고, 작은 딸네 집 근처, 나 혼자 살 작은 집으로 이사하였다.

8. 그러나 다시 삶을…

내 사랑하는 아이들을 봐서라도, 나는 기운을 차려야 했다. 내 사랑하는 손자, 손녀들, 그리고 내 목숨 줄 같은, 사랑하는 자식들이 있지 않은가! 나는 다시 봉사를 시작했다. 얼마나 힘든 사람들이 많은지, 내 도움이 필요한 곳이면, 어디든 달려갔고, 경제적 도움이 필요한 곳에는 아이들에게 말해서 돕기 시작했다. 하늘에서 남편이 본다면, 나에게 참 잘했다고 말할 것이다. 우리가 다시 하늘나라에서 만난다면, 그는 나에게 멋있게 웃어 줄 것이다! 그리고 언젠가 내가 이생을 마치고, 그의 곁에 서는 날. 그는 나를 꼬옥 안아주며, 반가워할 테지…. 오늘도 바쁘게 하루를 시작한다. 내 도움이 필요한 이들에게 반갑게 나가 손을 잡아 주고, 내 자식들을 위해서, 나 스스로 건강을 관리하고. 매일 먹는 것도 신경을 쓴다. 이제 나의 80세 생일이 다가온다. 나는 혼자 생일상을 받기가 민망하여 거절했지만, 우리 아이들의 성화로 주위 친한 친구들과 친지들, 교회 목사님을 모시고, 자그마하나마 생일상을 받기로 했다. 그렇다! 지금까지 나의 삶을 돌아보니, 부족한 내가 이렇게 잘 살아온 것은 다 하나님의 크신 은혜였다. 하나님께서 허락하신 나의 삶이 언제까지일지 모르지만, 이 세상에서 내 할 일을 다 마치고 그분께서 나를 부르실 때, 나는 모든 세상의 짐을 다 벗고 기쁜 마음으로 저 하늘나라로 훨~훨~ 올라갈 것이다.

"여보! 내가 그곳에 가서 당신을 다시 만날 때까지, 내 사랑하는 당신, 그곳에서 잘 지내요! 우리 곧, 만납시다."

연보랏빛 고운 꽃이 피었습니다

(이 소설은 이제 여든 중반을 넘어서신 우리 친정어머니의 삶을 소설적인 작법으로
꾸며 본 것이다. 대략적인 인물과 사건만 실제이고, 그 외 다른 부분들은 소설을 위
한 허구임을 밝힌다.)

삶의 에세이 모음

내 생애, 가장 기쁜 날!
....

　자신의 한평생을 돌아보면, 기쁜 날은 몇 날이나 있을까? 그러나 슬프고, 고통스러운 날들은 또한 얼마나 있을 것인가?

　작년 한 해, 내 나름 애썼던 그 결과물이 드디어 2023년, 1월 말에 나왔다! 내 책이 드디어 완성되어 나왔다는 소식을 듣고, 나는 참 기뻤다. 속이 후련하기도 하고, 뭔가 아쉬움도 남는 마음이었다. 어쨌든, 그 책은 이제 세상에 나오고, 그 평가는 오로지 읽는 독자들의 몫이다. 나는 이제 다시 새로운 책을 구상하고, 쓸거리를 찾아 헤매고 있다. 한가지의 목표를 해냈다는 후련함은 사실, 그 뒤에 그늘을 지니고 있는데, 그것은 뭔가 헛헛함을 동반하기 때문에, 나는 새로운 그 무엇을 시작하고자 하는 것이다.

　내 육십 평생을 가만히 돌아본다. 가장 기뻤던 일은 무엇일까?

　나에게 스무 살 이전에 가장 기뻤던 것은 '대학 합격 소식'이었던 것 같다. 오로지 대학 입학을 위해서 고교 3년을 꼬박 보냈었고, 그 이전부터도 어느 대학에 가야 하나? 하면서 많은 고민이 있었기 때문이었다. 합격 소식을 듣고는 정말 후련하고 기뻤었고, 온 세상을 다 얻은 것 같다는 행복감이 들었다. 그 후, 연애를 시작하였고, 나는 결혼하게 되었는데, 그것은

　　　　　　　　　　　　　　연보랏빛 고운 꽃이 피었습니다

단순한 기쁨과 행복보다는 많은 책임감을 동반하는 일이었기에 얼떨결에 치른 삶의 큰 행사였던 것 같다. 결혼 후, 만 서른이 되어 내가 '첫 번째 아기를 출산'했을 때, 그것은 여자로서 얻는 최고의 기쁨이었고 큰 행복감을 내게 가져다주었다. 1년 반 후에 나는 다시 '둘째 아기를 출산'하는 기쁨을 누리게 되었다!

그 후, 사십 대와 오십 대의 나는 남편과 함께 삶의 기반을 닦기 위해 애쓴 시간이었기에, 그다지 큰 기쁨은 없었고, 내 딸들의 대학 합격 소식과 그 아이들이 좋은 직장을 가졌을 때, 그나마 그것이 내 일처럼 기뻤다. 그러다가 글을 쓰면서, 내 글이 현실이 되어 드라마로 나오고, 유명한 배우분들이 연기를 하여 텔레비전에 나오는 '드라마 작가'가 되었으면 좋겠다…! 혹은 내 이름으로 나온 책을 내야겠다는 소박한 소망을 가지게 되었는데, 그중 하나가 이루어지게 된 것이다. 미국에 있는 남편과 딸들에게 통화하며, 이 기쁨을 같이 나누었다!

미국에 항공편으로 책들을 부치기에는 너무 비용이 많이 들어, 선편으로 부치자니 2~3개월이 소요된다는 것이다! 그래서 출판사에서 보내준 '마지막 검토 파일'을 이메일로 보내주었다. 색상의 선명도도 훨씬 좋고, 더구나 전자책처럼 '읽기 기능'까지 있어서, 이 파일을 받아 본 미국의 가족들이 아주 좋아한다! 이제 나는 다시 새로운 책 제목을 정하고, 큰 파일을 만들어 차곡차곡, 그 안의 내용을 적어 가고 있다. 아마도 올해 가을쯤에는 그 책도 세상에 나오게 될 것 같다.

아…. 그렇다! 행복이란 것은 결코 저 멀리 있는 '신기루' 같은 것이 아니라, 바로 우리 곁에 있는 '세 잎 클로버' 같은 것이 아닌가?

"내 사랑하는 친구들이여….."

바로 우리 정원에 지척으로 피어나는 세 잎 클로버 같은 소소한 행복을 찾아 떠나는 여행을 하자! 그것은 힘들이지 않고, 지금 당장 가볍게 떠날 수 있는 '나만의 비밀 여행'인 것이다!

연보랏빛 고운 꽃이 피었습니다

그때, 그 일, 그 이후에 (2편)

(내가 작년에 출간한 첫 번째 책에 실린 에세이에 이은 내용이다. 그 책에는 같은 제목의 1편을 게재하였었다.)

큰 교통사고를 겪으면서, 그 와중에 이만큼이라도 회복하여 힘든 날들을 견디어 왔다는 감격에 겨운 나날이었지만, 늘 마음 한편에는 불안감이 있던 시간이었다. 그로 인해 공황장애와 폐소공포증이 생겼지만, 나는 마음이 급했다. 언제 하나님 앞에 설지 모른다는 급박감으로 나는 미주 개혁 신학교(United Reformed seminary)에 입학했고, 그동안 관심이 있었던 '목회 상담학' 박사과정을 2년 반 만에 졸업하고, 또한 최고 논문상을 받으면서 이 학교에서 귀한 졸업장을 받았다.

그 후 내가 다니던 교회에서 말씀 공부를 열심히 하면서, 성경훈련 교사 자격증을 땄고, 우리 집에 믿지 않는 내 이웃의 친구들과 교회의 초 신자 자매님들을 초대하여, 같이 말씀 공부를 하고, 내가 직접 마련한 점심까지 해 먹이며, 그렇게 열심을 내었더니, 결국 1년 후, 나와 같이 공부한 '제자훈련반' 졸업생은 20여 명에 달하게 되었다. 그들과 눈물을 흘리며 나눈 말씀 공부와 기도의 힘이었을까? 나는 그 후, 거의 심리적인 불안 증세가 나타나지 않았고, 안정을 되찾아 공황장애와 폐소공포도 많이 벗어나게 되었다. 사실 이 병은 거의 완치가 되지 않는다고 알려져 있다. 다만, 그 증상이 완화될 뿐이다.

어느 날에는 교회에 갔다가, 교회 밴드와 찬양팀들의 노랫소리가 너무 우렁찬 바람에 그만 예배 도중에 나오게 되었는데, 그때 나를 의아하게 바라보던 사람들의 눈길을 잊을 수가 없다! 또한 폐소공포 증세로 인해서 사람이 많은 좁은 공간에 있으면, 호흡 곤란 증세가 오는 바람에 더 이상 머물 수가 없어서, 모임 중에 급히 나오게 된 적도 여러 번이었다. 내 주위의 경조사에도 가지 못하게 되고, 내 삶의 모든 부분에 자신이 없어지면서 나는 결국 집에만 머무르는 '집순이'가 되고 말았다!

그 후, 증세가 조금씩 나아지고, 나는 혼자서 한국에 나와서 평소에 하고 싶었던 학원 사업 등등을 하지만, 그 일은 그다지 내 처지에 맞지 않았고, 결국은 건강 때문에 그만두게 되었다. 그 후, 내가 쓴 글을 게재할 공간이 필요해서, 이런저런 문학 카페에 가입하게 되었는데, 그때의 나에게 있어 '한편의 글'을 쓴다는 것은, 마치 그 안에 내 영혼을 갈아 넣는 듯한 고된 작업이었다. 그런데도 나는 글쓰기를 멈출 수 없었다! 그래서 나는 앉아 있는 동안, 내내 글을 쓰고, 쓴 글을 읽고, 다시 또 썼다! 그것은 내 영혼 안에 가득한 감정들을 밖으로 *끄집어내지* 않으면 안 되는 그런 절박함이었으리라!

그러다가 이번에 좋은 출판사와 연이 닿아, 책을 두 권이나 출판하게 되었다! 그동안에 내가 겪은 모든 힘든 일들로 인해, 내가 책에 적을 내용이 많아진 것이 차라리 다행이라고 여겨질 정도였다. 삶은 늘 우리에게, 좋은 일 하나와 나쁜 일 하나를 골고루 준비해 두는 것 같다. 이것이 우리가 삶에 대한 긴장을 늦출 수 없는 이유이리라!

내 나이가 드디어, '耳順'이라 하는 60세를 넘어서야, 나는 비로소 책 쓰는 일을 통하여, 내가 다시금 힘차게 살아야 하는 '삶의 이유'를 찾게 된 것이다.

그렇다! 삶은 더불어 살아가는 것!
"WALKING WITH YOU"

포토 에세이 / 아주 소박한 제주도 탐방기

나는 한국의 푸른 섬-제주도를 좋아한다. 그래서 한국을 방문할 적마다, 나의 친구들, 가족들, 혹은 가까운 친지분들과 제주도 여행을 여러 번했었다. 그때마다 주로 자유여행으로 그곳에 갔었기 때문에, 그 큰 제주도를 속속들이 알 수가 없었다. 그래서 유명 호텔에 머물면서, 그저 잘 알려진 유명한 관광지를 위주로 돌아보았는데, 이번에 제주도를 관광회사가 모집한 단체 여행의 일원이 되어, 내가 직접 팔순이 넘으신 어머니와일혼이 넘으신 이모님을 모시고 쭉 돌아보았다. 특히 이번에 '가파도'라는별로 알려지지 않은 작은 섬을 돌아보았고, '카멜리아 힐'과 5만 평이나 되는 '일출랜드', '서귀포 감귤농장'과 '이호 해변'의 붉고, 흰색의 말 등대를중심으로 멋진 낙조 풍경을 본 것과 '제주 절물 자연 휴양림'에서 길게 뻗은 삼나무 힐링 숲길을 걸으며 그곳을 돌아본 것은 계속 내 마음에 남는,아주 좋은 볼거리가 되어 주었다.

잘 알려지지 않은 작은 섬-가파도-. 여기는 제주항에서 15분가량을 배를 타고 들어가는 아주 작은 섬이다. '가파도'라는 아주 평범하지만, 아름다운 작은 섬마을의 풍경을 소개해 본다. 섬 안의 거의 모든 집마다 눈에띄는 색으로 단장을 해 두어서, 마을 전체가 마치 아름다운 색칠을 한 듯이 아름다워서, 화보를 따로 찍을 필요가 없을 정도였다.

연보랏빛 고운 꽃이 피었습니다

'꼬닥꼬닥 걸으멍'…! 이 작고 아름다운 섬, 가파도를 둘러보자!

새파란 벽과 그 위에 덧붙인 노란 가벽이, 붉은 낚시 망과 하얀 조개껍데기로 인해, 마치 한 작품처럼 잘 어울린다. 바닷가 주변의 평범한 주택조차도 메마른 아름다움이 있다.

가파도 내의 소박한 '가파 초등학교'의 모습인데, 무려 1922년 개교하였다고 한다. 이 학교와 운동장을 보니, 우리가 오래전에 잃었던 동심을 찾게 해주는 모습이었다. 학생은 11명으로 우리나라 가장 남단의 작은 섬, 마라도 분교의 학생 1명이 속해 있다고 한다.

가파도에서 물 긷는 여인네의 힘겨운 모습을 담아낸 돌 석상이 제주의 거친 땅 위에 놓여 있다. 비록 그녀들의 삶은 고달팠을지라도, 이곳에 깊은 우물이 있는 덕분에, 가파도의 상동, 하동 주민들은 물 걱정 없이 살았다고 전해진다.

연보랏빛 고운 꽃이 피었습니다

　가파도의 푸르르던 보리밭은 초겨울이라 엉성하고 메말랐는데, 보리밭을 지나 숨겨진 작은 마을 안에서 보물 같은 곳을 발견했다. 그곳의 이름은 '초록 동굴'이다.

　그 안의 예술 작품들은 신선한 문화 체험이었다. 작가가 6개월을 제주에 살면서, 버려진 제주의 폐가를 찾아, 그곳에 생명을 불어넣은 것이다. 특히 창문 밖의 고목이 이 집의 분위기와 잘 어울렸고, 작가가 그려 놓은 담담한 색채의 그림들과 마치 맞추어 그린 듯이 잘 맞아떨어진다. 작가는 폐가의 방마다 테마를 정해, '죽음과 삶'에 대한 고찰을 그려 넣었는데, 각 방의 이미지와 그림의 장면이 마치 영화의 한 장면 같은 느낌을 주었다.

　폐가의 아주 오래된 나무 지붕과 천장, 석가래 등의 빛바랜 색채는 일부러 그렇게 한 듯이, 작가의 신비로운 작품 세계와 아주 잘 어울린다. 이러한 작품을 '프리스코화' 기법으로 그렸다고 한다. 그것은 물감이 벽에 흡수되어 말라감에 따라, 광택을 잃고 발색이 둔화하는 것인데, 이런 프레스코 특유의 차분한 색조가 자연물과 더불어 공존하는 작가의 섬세한 색채를 보여준다.

　더불어, 작가의 이런 감성이 버려진 폐가와 창밖의 무심하게 놓인 자연물을 한 장면으로 연결한 기가 막힌 구도 때문에, 보는 이는 다시 한번 놀라게 되었다. 나는 여느 미술관의 유명 작품 못지않은 깊은 감동을, 이 작은 섬에 소박하게 전시된 '초록 동굴'의 여러 그림에서 만나게 된 것이었

연보랏빛 고운 꽃이 피었습니다

다! 이직 이곳을 방문하시지 못한 분이 있다면, 꼭 한번 들러 보시기를 권한다.

이 장면은 측면에서, 안방의 모습과 마루 벽면의 그림이 동시에 보이게 찍어 본 것이다. 자연과 공존하는 작가의 작품 세계를 엿볼 수 있으며, 또한 한 공간에서 인간의 '삶과 죽음'이 결국은 하나임을 잘 표현해 주고 있었다.

연보랏빛 고운 꽃이 피었습니다

'초록 동굴'을 나오면, 또 다른 가파도의 흙길 위에서 멋진 제주의 집들을 만나게 된다. 하나같이 자연 친화적인 집들인데, 거기에 알록달록한 색감을 덧 붙여서, 아주 멋진 가파도의 풍경을 만들어 낸다. 유난히 맑은 겨울 하늘에 알록달록한 가파도의 집들과 그 주위의 돌담 위에 무심히 놓여 있는 하얀 소라껍데기들이 멋지게 어울려 한 폭의 아름다운 섬의 풍경이 완성되었다. 제주의 파란 하늘과 그 옆에서 출렁이던 쪽빛 바닷가의 풍경을 잊을 수가 없다!

연보랏빛 고운 꽃이 피었습니다

가파도의 모든 것이 아름답다. 파란 겨울 하늘은 저토록 맑고 푸르른데, 바로 카페 앞에는 붉게 칠을 한 폐선이 놓여 있고, 이 카페와 제주도 돌담이 멋지게 잘 어울린다.

서귀포시에 있는 '일출랜드'의 모습인데, 푸른 야자수 때문인지, 한겨울인데도 마치 열대 지방을 연상케 하는 모습이다. 이 안에는 천연 용암동굴인 미천 동굴과 화석 원, 조각공원, 선인장 온실과 아열대 식물원 등등이 있다.

이 작은 집은 펜션으로 이용되는 듯했다. 본가의 옆으로 조개껍데기로 긴 계단을 만들고, 제주의 돌로 벽을 올린 것이다.

연보랏빛 고운 꽃이 피었습니다

"아…! 이런 곳에서 한 달쯤, 좋은 사람들과 살아 보면 좋겠다." 가파도의 거친 흙길을 이모와 같이 걸으시며, 어머니가 무심히 내게 말씀하셨다. 나도 그와 비슷한 생각을 하였기에, 얼굴에 가벼운 미소를 지으며, 어머니를 따라 웃었다.

제주도의 장관은 해질 때의 바다 모습이다. 유명한 '이호 테우 해변'에 도착했을 때, 마침 기다렸다는 듯이, 저 멀리에서 멋진 두 개의 등대를 배경으로, 석양이 황금빛으로 아름답게 물들고 있었다. 흰색과 빨간색의 두 등대가 마주 보고 서 있다.

이호해변에서 석양이 지는 해변 모습과 등대를 찍은 후에, 도들오름이 있는 나지막한 산기슭을 올라가 보았다. 거의 해는 서쪽 하늘 끝에 매달려 있는데, 도들오름 끝자락에 있는 '장안사'라는 작은 암자의 모습이다. 이곳에서 내려다보면, 온 제주 시내를 한눈에 볼 수 있다. 제주 시내의 작은 오름 중 하나이다.

카멜리아 힐(동백정원) 내에 있는 전망대의 모습이다. 전망대로 올라가는 나무계단이며, 그 한구석에 놓여 있는 고목이며, "이런 멋진 전망대가 있을까?" 나는 한참 동안, 고개를 들어 그 모습을 바라보았었다.

연보랏빛 고운 꽃이 피었습니다

긴 나무계단을 빙 둘러 올라가면, 제주 시내가 다 보이는 전망대인데,
특히 이날은 날이 화창하게 맑아서, 저 멀리 한라산의 눈이 쌓인 모습을

멀리서나마 구경할 수가 있었다. 그 옆으로 감귤나무가 아름답게 서 있는 전망대이다. 잎새 마른 고목을 둘러싸고 있는 긴 나무계단이 돌담 위로 서 있고, 그 위로 나지막이 솟아있는 전망대의 모습은 참으로 아름다운 조형물이 아닌가? 그 풍경은 두고두고 생각이 날 것 같다.

아래 사진은 서귀포시의 외돌개 바위 주위의 전경이다. '어쩌나, 그 바닷물이 새파랗던지….' 슬픈 외돌개 바위의 전설이 있어서일까? 마치 슬픈 눈물을 머금은 듯한 외로운 바다와 바위의 모습이다. 무려 20미터나 솟아난 돌기둥인데, 바다로 나간 할아버지를 기다리다 결국은 바위가 되었다는 '제주 여인들의 그리움과 외로운 삶'이 그대로 투영되어 있어, 그 파란 물빛조차 서럽게 느껴진다. (올레길 제7코스에 있다.)

연보랏빛 고운 꽃이 피었습니다

또 다른 멋진 풍경은 '제주 절물 자연 휴양림' 내의 삼나무 숲길을 걸어 본 것이었다. 마침, 며칠 전 제주도에 눈이 많이 와서 눈 쌓인 그 숲길은 참 청량했는데, 그 숲의 맑고 차가운 공기는 도시에 있는 집에 돌아와서도 두고두고 생각이 났다.

　'일출랜드'의 갈대밭 입구에 있던 돌담인데, 특이하게도 제주 여행자의 마음을 대변해 주듯이 그곳에는 '가을. 마음. 바람. 기억'이라는 네 단어가 거친 돌담에 붙여져 있었다. 마치 거친 인생길을 보여주듯이 말이다.

　아주 짧은 제주 여행길에서 얻은 것은, '문득, 떠나온 내 집이 아주 많이 그립다'라는 것이다!

　그동안 다소 지겨웠던 내 일상의 삶이 너무 소중하다는 것이었다. 이것이 바로 여행의 목적이 아닌가? 나의 반복되는 일상이 다시금 소중해지는 것…. 그래서 다시 일상에 돌아가 힘을 내고, 내 주위의 모든 것들을 따뜻한 시선으로 바라보게 된다는 것이다.

　　　　　　　　　　　　　　　　　연보랏빛 고운 꽃이 피었습니다

나의 사소한 일상 이야기
·······························

　겨울이지만, 창가에는 아침부터 햇살이 다사롭다. 어머니는 아침부터 구정 설 명절 음식 장만에 바쁘시고, 나는 한가로운 이 시간에 글을 쓴다! 어머니는 고깃덩이를 푹 끓여, 구수한 떡국 국물을 장만하시고, 큰 조기 두 마리가 찬 베란다에서 그 차례를 기다린다. 그러고는 미리 준비된 삼색나물들을 장만하실 것이고, 나는 여러 가지 전을 부치실 때, 잠시 나가 도와드리려고 한다. 그러고는 점심 후에, 우리 동네의 친절한 한의원에 들러, 침을 맞고, 추나 치료를 받는다. 그 덕분인지, 나의 몸은 요즘 한결 가볍다. 참! 세상에 편한 팔자인 것이다.

　텔레비전에서는 홈쇼핑 채널마다 겨울옷을 비롯하여, 마지막 세일에 돌입하였고, 설에 쓸 각종 전을 비롯하여, 갈비, 조기, 여러 가지 선물 세트를 사라고 난리이고, 나는 한가로이 책상 앞에 앉아 사색에 잠긴다. '참…. 열심히들 산다! 흠 흠….'

　그런 사람들의 열정으로 이 세상이 이렇게라도 움직이는지 모른다. 간혹 텔레비전에서 대 우주의 신비로움과 감히 생각조차 못 할, 그 어마어마한 크기를 전해 줄 때가 있는데, 그럴 때마다 나는, 우리는, 사람의 존재는 얼마나 미미하고, 보잘것없는지…. 다시금 절실하게 느끼게 된다. 그 한 사람으로, 이 푸른 별-지구의 한 귀퉁이-대한민국에서 태어난 나는 얼마나 작고, 사소하며, 보잘것없는 존재인가!

  그런데도 내 가슴에는 푸른 지구를 안고 살고 있고, 내 두 눈으로는 이 광활한 우주를 바라보며 사는 것이다. 그것이 삶의 신비이고, 살아있음의 황홀한 감사인 것이다. 이 시간, 어머니의 설음식 준비로 부엌에서는 아주 맛난 냄새가 내 방, 책상 앞까지 솔솔~~ 번져 오고 있다. 나는 얼른 글을 쓰던 컴퓨터를 닫고, "엄마! 전은 내가 부칠게!"라고 말하며 급히 내 자리를 털고, 일어선다. 오늘 점심으로는 아마도 내가 부친 전을 맛있게 먹게 될 것이다. 이럴 때는 시원한 생맥주나, 톡 쏘는 막걸리 한잔이라도 같이하면 더더욱 그 맛이 좋으리라!

  문득, 제주도에서 맛보았던 시원하고, 톡 쏘는 '좁쌀 막걸리' 생각이 난다.

연보랏빛 고운 꽃이 피었습니다

오디션 프로그램이 좋은 이유

　최근 오디션 열풍이 불고 있다. 평범하게 내 이웃에 살던, 노래 잘하기로 소문난 어느 소년과 소녀가, 열심히 음식점에서 불판을 닦던 성실한 청년이, 카페에서 아르바이트하던 예쁜 아가씨가 어느 날! 유명한 스타가 되어 매일 텔레비전에 나오고, 돈도 어마어마하게 벌어, 그들이 살던 집과 고향 동네는 졸지에 스타의 탄생지가 된다. 그곳은 그 스타의 팬들이 방문하는 온 나라의 유명 관광지가 되고, 그 동네와 그 가족은 일약 스타의 고향이 되면서, 스타의 가족으로 텔레비전에도 자주 나오고, 그들도 졸지에 유명세를 치른다!

　이런 상황에 따라 스타들과 그 가족들은 힘든 일도 많이 겪지만, 어쨌든 주위의 평범한 사람들의 '스타 탄생'을 지켜보는 그것만으로도 나는 흐뭇하다! 나도 생전 듣지도 않던 트로트를 듣고, 그들의 행보를 검색하는가 하면, 그들의 공연이 혹시라도 우리 집 근처에 온다면, 기꺼이 비싼 표를 사서 그 공연을 볼 용의조차 있는 것이다! 또한 나는 클래식도 좋아해서, '팬텀 싱어 프로그램'의 팬이기도 한데, 그중에서 최근 아이스 스케이트 여왕의 동반자가 된 멋진 청년이 속해 있는 그 그룹, 또한 내가 열렬히 응원하던 팀이다! 그들의 노래를 들으면, 멋진 하모니와 퍼포먼스가 나를 황홀하게 만들기도 한다.

그런 팬텀의 면면을 보면, 대개가 나와 같은 중년의 〈빈 둥지 증후군〉을 앓는 동지들일 것이다! 내 삶의 모든 것이던 자식들이 어느덧 독립하고, 남편은 아직 현업에 있으며, 바쁜데…. 나만 삶의 치열한 현장에서 벗어나 어느 날! 돌아보니 남겨진 내 삶은 허전하고, 마냥 쓸쓸한 것이다. 그래서 그 공간에 이런 열성 팬 조직의 열풍이 부는 것이 아닌가 싶다! 오늘도 아침에는 '크로스오버' 곡들을 들으며, 오후엔 내가 좋아하는 '트로트 가수' 들의 음악을 듣고, 밤에는 그들이 나오는 '텔레비전 프로그램'을 일부러 기다렸다가 본다! 내 남편과 내 친구들이, 나의 이런 모습에 놀라며 웃기도 한다. 이전엔 골치가 아프다며, 질색하던 트로트 음악을 내가 스스로 찾아 듣고 있다!

요즈음 새로운 스타의 탄생을 알리는 트로트 오디션이 종편 텔레비전의 두 군데서, 각각 다른 요일에 한다. 또한 그들이 오디션에 나온 이유를 절절히 설명하면서 눈물을 흘릴 때, 나도 같이 눈물을 흘리며 보게 된다. 나는 오늘도 그들이 나오는 '오디션 프로그램'을 기다리며, 이번엔 어떤 우리의 이웃이 갑자기 '새로운 스타'가 되어, 정말 여느 별처럼 우리에게 찾아오는지, 매번 마음을 졸이며, 혹은 설레며 보게 되는 것이다!

특히 감동스러웠던 장면은 이 경연에 출연하는 많은 사람의 도전기이다! 자신의 분야에서 이미 자리를 잡고, 많은 팬을 보유하고 있음에도 그들은 기꺼이 '경연대회' 혹은 '오디션'이라는 이 극한 상황에서 자신의 역량을 시험하는 것이다! 처음에는 기성 트로트 가수와는 다른 그들의 몸짓

연보랏빛 고운 꽃이 피었습니다

이 어색하고, 자신도 적응이 잘 안되는 듯이 보였지만, 점차 자리를 잡아가며 자신의 역량을 100% 발휘해 내는 것을 보며, 모든 사람의 도전은 얼마나 아름다운가! 생각하게 되었다. 또 다른 팀에는 내가 이번에 같이 제주도 여행을 갔던, 한 가족의 '젊은 가장'이 있었다. 그는 실력도 뛰어나고, 얼굴 모습도 호감형이었는데, 뜻밖에 그가 탈락했다! 그는 노래를 잘 모르는 다른 참가자에게 열심히 노래를 알려주면서, 아마 자신의 노래에 좀 신경을 못 쓴 듯하였는데, 그의 도움을 받았던 그 참가자는 합격하였다. 그는 경연 도중, 가사를 까먹는 큰 실수를 하면서 결국 탈락하게 되었다! 그의 오열하던 모습이 못내 마음에 남는다.

그렇다! 우리 삶도 뜻밖의 이런 풍랑을 만나게 된다. 제 일만 열심히 하면서, 주위의 사람에게 덜 신경을 썼으면 그가 합격했을까? 내 마음에도 못내 그가 불합격한 것에 대한 아쉬움과 그의 오열하던 안타까움이 전해져, 마음속에 길게 여운이 남았다. 그에게도 앞으로도 이런저런 다른 삶의 오디션이 많이 남아 있겠지! 이번엔 탈락했지만, 꼭 다음번 기회가 있기를…. 나는 마음속으로 그를 응원해 본다.

우리 평범한 삶의 모든 여정에서도 이런 오디션과 같은 '작은 기적'을 가져다주기를 바라며, 나는 오늘도 어머니를 도와 바쁘게 저녁 준비를 한다! 오늘 밤에는 텔레비전에서 내가 일주일 내내 기다리던 '트로트 오디션' 프로그램을 봐야 하기 때문이다! 내가 좋아하는 참가자가 오늘은 어떤 곡을 부를까? 이 시간이 일주일 내내, 가슴을 졸이며, 기다려지는 순간이다! 이제 곧, 내가 좋아하는 팬텀 싱어 프로그램에서도 '새로운 오디션'이 열린다고 광고를 하고 있다. 모든 오디션 프로그램을 통하여, 노래를 좋아하는 그들의 '새로운 도전'을 보는 것은, 참 행복한 일이다.

연보랏빛 고운 꽃이 피었습니다

나의 삶, 나의 상처들

    사람이 겪는 고통에는 여러 가지가 있다. 내가 본 고통 중에 가장 큰 것은 아마도, 사랑하는 사람을 잃었을 때의 고통일 것이다. 그다음은 큰 고통을 수반하는 나을 수 없는 불치병일 것이고, 그다음은 소소한 여러 가지 몸의 질병이나, 우리의 삶에서 얻어지는 마음의 고통일 것이다. 고통이 없는 삶을 동경해 온 사람들은 종교나 주술에 의해 그것을 제거하려고 했지만, 고통은 늘 인간의 삶에 동행해 온 오랜 친구와도 같은 존재이다.

    아이러니하게도, 나는 병원에 가는 것이 좋다. 교통사고 후, 늘 찾아오는 목과 어깨, 허리의 통증으로 병원에서 치료받는 것이 좋고, 나를 치료해 주는 다정한 그들과 교감하는 것이 좋다. 병원이, 아픈 것이 좋은 사람이 누가 있을까? 그러나 나는 병원에서 치료받고, 내내 나에게 몹쓸 고통을 주던, 몸의 질병이 마치 물로 씻은 듯이, 말끔히 낫게 되는 그 순간! 그 경험이 좋다. 이것은 대단히 행복한 순간이며, 내 소소한 삶의 희열이다!

    또한 나는 큰 교통사고 후, 극심한 '공황장애'와 '폐소공포'를 얻게 되었다. 장거리 여행이나, 사람이 많은 곳이나 큰 소리가 나는 곳, 그리고 아주 밝은 빛이나 조명이 비치면 어김없이 공황 증세가 시작되었다! 숨이 막히고, 어지럽고, 결국 나는 응급실로 실려 가게 된다. 이 모든 고통을 지켜

본 이가 바로 내 남편이다. 무던하고, 가족이라면 무엇에든지 끔찍이 위하고, 자기 일에 최선을 다하던 그였다. 내가 나을 수 없다는 '불치병'을 진단받은 후, 그와 나는 서로 부둥켜안고, 몇 시간 동안을 울었다. 그러고 나서, 그가 목이 메어 말했다.

"내가 아이들 다 시집보내고 나서, 나도 당신 따라갈게! 당신이 먼저 가서 있어! 오래 걸리지는 않을 거야!!" 그의 이 말 한마디에, 나의 모든 불안과 슬픔이 사라지는 것 같았다. 내가 다니던 어느 병원의 의사는 말했다. "통증으로 병원에 오는 사람들은 다 얼굴이 어둡고, 신경질이 많은데, 윤미 씨는 얼굴이 밝고, 명랑하다며…, 도대체 무슨 이유가 있느냐?"고 물었다. 나는 그때도 "호호호" 크게 웃었다. "그럼 웃지 않고, 울겠느냐고…? 정말 울어야 하는 환자가 얼마나 많은데, 나는 그에 비하면 얼마나 다행이냐고! 나는 병원에 오면 다 해결이 되는 문제이니. 그다지 슬프거나, 고통스럽지 않다!"라고 힘주어 말했다.

그렇다! 나을 수 있고, 치료될 수 있는 고통은 차라리 행복하다! 요즘은 이상하게도 고통이 없다면, '그런 삶은 너무 단조롭지 않으냐?'고 오히려 묻고 싶어진다. 나을 수 없는 몸과 마음의 질병 때문에 자살하는 경우를 종종 보는데, 나는 당연히 그런 사람들에게조차 깊은 공감이 간다. '오죽이나 힘들었으면…' 그런 선택을 했을까? 나을 수 없는 긴 고통의 연속이라면, 그것은 삶의 크나큰 절망이기 때문이다. 웃음 전도사였던 어느 여성분이 남편과 동반 자살한 경우와 늘 명랑해 보였던 개그우먼이 엄마와 동반 자살한 것은 정말 마음을 아프게 했던 사건이었다. 그에 비해 나는

연보랏빛 고운 꽃이 피었습니다

나을 수 있는 병이기에, 감사한 마음을 갖게 되는 것이다.

　내 온몸이 아플 때, 통증 병원이나, 한의원에서 정말 내 고통을 공감해 주며 치료받는 경우, 나는 몸과 마음이 다 치유되면서, 너무도 개운하게 병원 문을 나선 경험이 있다. 환자들은 예민하기에 특히 치료해 주는 분들과의 공감이 중요하다. 그래서 영혼 없는 치료나 불친절한 그들의 말은 전혀 도움이 되지 않고, 몸도 잘 낫지를 않는다. 오늘도 나는 집 근처의 □□□ 한의원에서 여러 가지를 치료받고, 아직 젊은 한의사 선생님과 친절한 직원들에게 감사한 마음으로 병원 문을 나선다. 이곳 부산의 날씨는 이미 12월 초인데도 마치 가을인 듯, 저 하늘은 맑고 햇살은 봄처럼 다사로웠다. 나는 가까운 시장에 가서 점심 찬거리를 사면서 만나는 모든 사람에게 반가운 인사를 건네었다.

　아이러니하게도, 고통이 있었기에 나는 진심으로 내 삶에 감사하게 되었고, 고통이 없어진 잠깐의 시간이, 나에게는 마치 천국에 온 듯이 너무도 소중하였다. 매일 아프던 내 양손 가득, 저녁 찬 거리를 들고나오는 나의 발걸음은 마치 하늘을 날듯이 가볍고, 내 마음은 저 파란 하늘의 하얀 뭉게구름을 품에 안은 듯이 행복하였다.

(이 사진은 지난 가을, 철원의 고성 꽃축제에서 촬영한 것이다.)

연보랏빛 고운 꽃이 피었습니다

울 엄마의 부침개
·····················

　우리 가족은 부모님께서 6.25 전쟁의 난리 통의 이북에서 넘어오신 분들이다. 아버지는 황해도 해주, 어머니는 평안도 평양 출신이시다. 그래서 우리 집은 늘 명절 때마다 이북식으로 고기와 김치를 얹은 큰 녹두부침개와 김치와 고기, 두부를 많이 넣은 손만두, 그리고 시원한 나박 물김치를 만들어 먹곤 하였는데, 이것은 우리 식구들의 힐링 음식이 되었다! 뭔가 속이 헛헛할 때는 멸칫국물을 진하게 내서, 여러 가지 채소를 볶아 고명을 얹은 잔치국수와 고기를 먹은 후에는 꼭 시원한 김치말이 국수를 먹곤 한다.

　오늘은 유난히 날이 따뜻하여 2월의 중순인데도, 이곳 부산의 날씨는 마치 3월의 '봄' 같았다. 어머니는 어제 사 온 파릇파릇한 부추를 많이 넣고, 바지락 조갯살을 듬뿍 넣은 부추부침개를 노릇노릇하게 부치고 계신다. 나는 한의원에 다녀와서 다소 출출한 느낌이었는데, 창문을 활짝 열고 바삭바삭한 부침개를 2장이나 먹었다. 마침 어제 담근 발그스레한 나박김치와 먹으니, 아주 금상첨화이다!

　요즈음 밀가루 음식이 좋지 않다면서 건강 프로그램에서 많이 말들을 하지만, 이렇게 우리 가족에게는 이런 밀가루 음식이 헛헛한 속을 달래주고, 다가오는 봄을 느끼게 하는 아주 좋은 힐링 음식이 되곤 하는 것이다. 맛있게 먹으면, 모든 것은 '약'이 될 것이라는 믿음으로 어머니의 부침개를 행복한 마음으로 먹었다.

그 파릇파릇한 부추처럼 창밖에는 문득, 눈부신 햇살과 함께 새봄이 한 발짝 더 가까이에 다가오고 있었다!

연보랏빛 고운 꽃이 피었습니다

내 삶의 나지막하고, 자그마한 언덕들

나는 오늘도 가벼운 마음으로 길을 나선다. □□□ 병원에서 통증 치료를 받고서 이렇게 몸도 마음도 가벼운 이런 날이면, 나의 모든 것이 아름답게 보인다. 그렇다! 삶의 모든 길이 이렇게 나지막하고, 자그마한 언덕길이라면. 얼마나 좋을까? 때때로 우리 삶에 오르기 힘든 아주 가파른 산길이 놓여 있고, 가도 가도 끝없는 사막 길이 우리 앞에 놓여 있다면, 얼마나 절망스러울까? 나는 이 모든 여정에 감사하게도, 경제적으로 별로 힘든 것이 없다는 것이 또한, 감사한 일이다! 아무런 거리낌 없이, 모든 병원의 통증 치료를 받고, 몸에 좋다는 것은 무엇이든지 먹고, 마실 수 있는 자유는 결국 경제적인 것으로부터 오는 것이다!

오늘도 12월의 겨울 해가, 내 방 커튼 뒤의 나지막한 뒷동산에서 서서히 떠오르고 있다. 시큰거리는 치아의 문제는 오늘 치과에서 치료하면, 말끔하게 깨끗해질 것이다. 점심에는 엄마를 모시고, 집 앞의 맛있는 수제비를 한 그릇씩 먹고, 15분 거리의 동네의 재래시장에 들러, 열무 김칫거리를 살 것이다!

동네의 편리한 마트도 있지만, 나는 어머니와 함께, 굳이 멀리 걸어서 재래시장에 가 본다.

이곳, 부산 날씨는 아직 겨울이지만 마치 봄이라도 다가온 듯이 봄볕이 다사롭다!

연보랏빛 고운 꽃이 피었습니다

늦가을, 어느 장례식장에서

··

　최근 나의 친한 지인의 어머님과 아버님께서 소천하셨다는 연락을 받았다! 계절은 늦가을…. 몹시 쓸쓸한 가을날에 두 분의 장례식에 가 볼 기회가 있었다. 한 분의 장례식은 조촐하고, 조용하고 깔끔했지만, 평소에 늘 말씀하신 대로 하늘나라에 가셨을 것이란 확신이 드는, 마지막 배웅 길이었다. 그분은 그다지 이 세상에서 많은 것을 누리지 못한 만큼, 저 하늘나라에선 부디 행복하시고 평안하시길…. 모두가 간절히 바라는 마음이었다. 그분의 죽음에 슬피 울거나, 그분이 떠난 이 세상의 이별을 애달파하는 사람도 별로 보이지 않은, 참으로 소박하고 간결한 이별의 현장이었다.

　또 한 분은 큰 사업을 하셨고, 성공한 삶을 사셨다고 다들 부러워했다. 아주 화려하고 복잡한, 소위 있는 집답게 떠들썩한 마지막 길이었다. 그분의 장례가 있던, 온 장례식장의 계단과 복도마다, 화려한 화환이 가득했었고, 줄지어 선 화환에 쓰인 이름마저도 "와…. 누구누구가 보냈다네!" 사람들이 고개를 끄덕이며 말하였다. 어색하게도, 그다지 생전에 친하지도 않던 분들이 영정 앞에서 목 놓아 우는 사람들도 많았는데, 그다지 유족들은 슬퍼 보이지도 않았다! 나중에 전해 들은 바로는, 장례식 이후, 곧장 자녀들 간의 유산 상속 문제 때문에, 법정 다툼이 이어지고, 자녀들은 이제 서로를 쳐다보지도 않는다고 했다!

'그분이 과연 편히 눈을 감으셨을까?'

내 마음에 안쓰러움과 의아스러움이 남았던, 씁쓸한 장례식이었다. 먼저 천국에 가셨으리라 확신하는 그분은, 본인도 삶도 늘 넉넉지 않으셨지만, 다른 이들을 돌보고 오직 기도로 삶을 살아오신 분이셨다. 그분의 마지막 유품을 정리하는데, 닳고 닳은 성경책들과 성경책을 손 글씨로 복사하신 노트만 여러 개 나오고, 변변찮은 옷은 한 벌도 나오질 않았다! 어쨌든 두 분의 각기 다른 인생길을 사신 분들이지만, 마지막 가시는 길은 같았다. 세상 아무리 귀한 것도, 그 어떤 것도 가진 것 없는 빈손으로, 허망한 모습으로 조그만 관 속에서 일생을 마치는 것이다.

"저 천국 길에서는 부디 행복하세요!
그곳에서는 아프지 마시고, 미리
그곳으로 떠난 가족과 반갑게 만나시고,
부디 평안하세요!"

나는 마지막 가시는 길에 깊이 고개를 숙이고, 몇 번이고 속으로 간절히 말씀드렸다. 그러는데, 내 두 눈에서는 나 자신도 미처 느끼지 못한 채, 두 줄기 눈물이 주르륵 흘렀다. '삶과 죽음' 그 경계와 마지막 가는 길의 모습, 이 세상의 환대와 저세상에서의 환대는 다를 것이라는 생각이 드는 시간이었다.

연보랏빛 고운 꽃이 피었습니다

'아…. 늦가을이라 그럴까?'

이 세상의 정들었던 길을 떠나, 저세상으로의 아득한 먼 길 떠나는 모든
이의 발걸음이 더없이 쓸쓸하고 외로워 보였다.

단편소설 모음

내 친구, 미선아!
·····················

　‘경남’의 작은 도시에서 서울로 전학해 온 나는, 집 근처의 작은 초등학교를 졸업하고, 추첨을 통하여, 근처의 중학교에 들어갔다. 공부를 제법 잘했기에, 당연히 나는 입학하자마자, 선생님들의 눈에 띄었고, 그로부터 나는 사춘기에 접어들면서, 새 친구들 사귀기에 열심이었다. 꼭 좋은 친구, 그래서 내 인생의 길에 오래도록 같이 갈 친구를 만나야 한다는 게 내 철칙이었다. 그때 중 2-3반, 우리 반에는 눈에 띄지 않던 한 아이가 있었다. 그 친구의 이름은 ‘김미선’. 늘 조용히 웃기만 하던 아이였고, 그녀의 존재감이 없어서, 난 그 이름도 모르던 아이였다.

　“윤미야. 나랑 얘기 좀 할 수 있어?”
　“응? 뭔데? 나 바쁜데, 간단히 말해!”
　어느 날, 그 애가 나랑 친구가 하고 싶단다. 늘 저 멀리에서, 나를. 내 친구들에게 둘러싸여 내내 시끄럽던, 그런 친구들 사이에서 예쁜 편지지에 곱게 적은 편지를 불쑥 내민다.
　“응? 뭐야? 그냥 말로 하지? 무슨 편지를 썼어?”
　“응. 집에 가서 읽어 봐! 너는 늘 바쁘잖아….”

　사실, 우리 집은 독실한 기독교 집안이다. 더구나 우리 학교는 미션스

쿨이었고, 그런 나에게 미선이의 편지는 가히 충격적이었다. 그 친구의 아버지가 소위 말하는 '대처승'이셨다. 자기 집에 작은 절이 있다고 하였다. 미선이가 편지를 준 그다음 날, 나에게 말하였다.

"너…. 우리 집에 한번 가 볼래? 그리고, 결정해! 나랑 친구가 될지 말지." 미선이는 평소와는 다르게 다소 격앙되어 있었다. 그 친구의 눈빛은 대단히 절실하고, 결연하게 보였었다.

'왜? 나를?? 나는 안 그래도 바쁜데…? 굳이 그렇게까지…?'

미선이의 간곡한 부탁을 거절하지 못한 나는 생전 처음 그 친구의 집에 가 보았고, 그녀의 집 안에 있던, 작은 절도 보았다. 마침, 5월 '초파일'을 앞두고 있어서, 그 친구의 집에는 온통 종이로 만든 알록달록한 연꽃

등이 주렁주렁 천장에 달려 있었고, 미선이의 어머니는 내게 먹어 보라며, 식혜와 약과를 내어오셨다. 집안에 향냄새가 배어있어서, 그 식혜며 약과는 마치 제사 음식처럼 느껴졌다. 나는 꽤나 당황했었던 것 같다. 이 모든 것들은 사실, 내가 처음 보는 낯선 광경들이었다!

모든 음식 냄새에 배어있던 강한 향냄새에 '아니! 이게 무슨 일인가?' 나는 무척 놀랐었다. 그곳은 마치 내가 미처 가 보지 못한 머나먼 별천지 같았었다. 그러나 미선이의 간절한 눈빛을 차마 외면하지 못하였고, 우리는 그때부터 친한 친구가 되었다. 친한 친구가 그리워서일까? 그 친구가 한동안 나를 너무 따라다녀서 처음엔 불편했지만, 나중에 익숙해져서 당연히 '그러려니…' 하게 되었다. 결국, 이 친구와는 고교, 대학까지 같이 붙어 지내는 단짝 친구가 되었다. 나는 중학교에서 시와 소설 등의 글쓰기. 책 닥치는 대로 읽기. 반 친구들과 쏘다니기, 언니 옷 몰래 입고 어른인 척 극장에 가기. 그러면서 주어진 학교 공부는 대충 하고, 주로 친구들과 어울려 다니면서, 내 삶에 대해 진지하게 고민하고, 나름 어른이 되기 위한 관문이라는 시기. 그렇게 나의 '사춘기'가 시작되었다.

우리가 중3 때였다. 이제 고등학교 시험 준비를 위해서 내가 영어 과외 수업을 받을 때, 미선이는 내 옆에서 한자리하게 되고, 그다음에는 자기가 사는 그 동네의 어떤 오빠와 '수학 과외'를 하자고 나에게 제안했다. (그 동네에서는 나름 수재 소리를 듣던, 동네의 오빠를 몰래 짝사랑하던 친구였다) 그 후, 우리는 같은 고교에 진학했고, 그 친구는 나와 같은 대학교에 가겠다고, 밤낮을 정말 절실히 공부하였다. 이렇게 힘들게 고교 시절

연보랏빛 고운 꽃이 피었습니다

을 보낸 후에 그녀와 나는 결국! 같은 대학교에 입학하게 되었다. 난 대학교의 새로운 다른 친구들과 어울리려 하고, 또한 늘 시간이 날 때마다, 내가 짝사랑하던 그 선배를 만나야 했었다. 그래서 미선이는 늘 학교 앞 찻집이나 학교 빈 강의실에서 바쁜 나를 기다렸는데, 그때의 나는 그런 것들이 당연한 것처럼 생각되었었다. 참 철이 없던 시절이었다!

　우리 대학교 앞의 한적한 찻집에서, 그녀는 내가 울 때 내 눈물을 닦아주는 손수건이 되어 주었고, 내가 웃을 때면 안개꽃처럼 조용히 같이 웃어 주던, 내 오랜 친구-미선이였다. 그녀는 같이 과외 공부했었던, 그 동네 오빠와의 결혼을 내가 극구 반대했지만, (왠지 그는 진정성이 없어 보여서였다) 그러나, 그것만은 내 말을 따르지 못하겠다고 우기던 아이였다. 그래서 결국, 미선이는 오랜 짝사랑 상대였던 동네 오빠와의 결혼에 성공하여, 그 오빠와 함께 일본으로 유학 가고, 나는 나대로 미국의 유학길에 올랐다. 이렇게 저렇게 바쁘고, 고된 외국에서의 결혼 이후, 나에게 주어진 삶의 길을 걸으면서, 난 미국에서 사느라, 그 애랑은 가끔 메일을 주고받을 뿐이었다. 늘 내게 손으로 곱게 뜬 식탁보며 우리 애들 장갑, 내 목도리며, 조끼 등을 크리스마스에 보내주었고, 난 그 집 애들 학용품, 내가 선물 받은 가방이며, 안 쓰는 내 화장품 등등을 보내주었다. 그렇게 나는 나대로 미국에서, 그 애는 일본에서 남편의 뒷바라지를 하며, 잘 살아가는 듯하였다. 그러다가 일본에서 박사학위를 마치고, 한국에 돌아와서, 남편이 드디어 어느 대학의 교수로 임용되었다고, 그녀가 이메일을 보내서 알게 되었다.

　창밖에 하얀 목련이 지던 어느 봄날이었다!

한참 자고 있던 새벽 4시에, 내 침실의 전화벨이 "따르릉" 울린다. 아⋯. 새벽의 전화벨 소리는 항상 불길하다. 저 전화기 너머로 익숙한 한국 여성의 목소리가 들린다. "저런⋯! 누구지?" 그것은 내 친구-지금쯤 한국에서 잘살고 있어야 할, 내 친구 미선이의 목소리다.

"뭐? 네가 갑자기 미국 뉴욕 공항에 있다니⋯?"

그녀는 결국 자신을 괴롭히던 남편과 이혼하고, 자기 애들을 다 한국의 남편에게 두고서(사실은 빼앗기고서), 홀로 미국에 왔다고 한다. 그녀의 언니가 뉴욕에서 크게 '네일 숍'을 하였는데, 아주 잘 된다고 하면서, 동생에게도 미국에 오라고 한 모양이다. 그녀의 언니는 홍대 미대 출신이라, 감각이 남달랐다. 언니는 자신의 꿈인 미용 학원을 열고 싶어, 내 친구에게 네일 숍을 맡기고, 현재 '토탈 미용 학원'을 열어, 아주 성업 중이다.

공부만 하던 내 친구, 미선이는 생전 하지 않던 네일 숍을 하면서, 처음에 얼마나 울었던지 모른다. 그래도 공부도 잘했고, 명문대를 졸업한 교수 부인으로, 그리고 그전에는 전공을 살려 대기업 회사에 '디자이너'로 다녔던 그녀인데⋯. 외국인들의 투박한 손과 발을 다듬으며, 얼마나 속이 쓰라렸을까? 더구나, 남편에게 다른 여자가 생겨 남편의 구박과 협박에 못 이겨 결국 이혼한 것이라 했다. 그런데도 위자료도 변변히 못 받고, 일방적인 이혼을 당하여 홀로 미국에 도착했을 그녀다!

아⋯! 아무도 모르는 외국에 홀로 내동댕이쳐진 그녀의 삶은 얼마나 막막했을까? 그녀의 삶이 얼마나 무거웠을까? 그런 친구를 보는 내 가슴

　　　　　　　　연보랏빛 고운 꽃이 피었습니다

도 몹시 쓰라렸다. 그러나 '고진감래'의 옛말처럼 결국, 이국에서 10여 년의 눈물과 피땀 어린 세월 끝에 그녀는 아주 유명한 네일 숍을 이루었고, 그 언니도 현재 유명한 미용 학원 원장이 되었다. 홀로 힘들던 내 친구도 이제 멋진 외국인 남자친구도 만나고, 한국에 있던 아이들도 미국에 유학으로 데려와 같이 산다고 하였다. 다행스럽게도, 새로 만난 그 남자친구가 제법 재력이 있어, 그녀는 몸과 마음이 아주 여유롭게 되었다. 그렇다! 우리의 삶에도 언제든 '선한 끝'은 있다고 하였던가? 그녀의 눈물은 이제 아름다운 열매를 맺었고, 그녀를 배반했던 그 전남편은 심장마비로 쓰러져 투병하면서, 다니던 대학교도 휴직하고 지금은 시골에서 요양 중이라 했다. 나에게 이 말을 전하며, 미선이는 희미하게 웃었다. 그녀의 삶에는 늘 거센 비가 왔었지마는, 이제 그녀 앞길에는 눈부신 아름다운 무지개가 걸려있다. 나는 이제 새롭게 시작되는 그녀의 후반기 삶과 사랑을 두 손 모아 응원해 본다.

**"미선아, 사랑하는 내 친구 미선아!
이제는 아름다운 꽃길만 걷기를…."**

지은이의 푸른 정원

이 글은 내 초등학교 때부터의 동창이고, 오랜 시간 나와 같이했던, 나의 소중한 친구 이야기이다! 그녀의 아파트 베란다에는 이상하게도 한겨울에도 푸르른 '비밀의 정원'이 있는데, 영혼이 별처럼 맑고, 삶은 아주 소박하고 수수한 내 친구-임지은!

그녀는 나와 초등학교 때부터 동창이었는데, 우리가 6학년이 되어 한참 예민하던 그 시절… 그때 그녀가 내 짝꿍이었다. 멀리서 누가 보아도, 아주 단정한 모범생이었던 그녀는 독서광으로 공부도 아주 잘했었다. 이상하게도 그녀 주위에 단짝 친구가 별로 없었던 지은이는 스스로 내 단짝임을 자처하고, 늘 내 주변에서 맴돌면서 내 가까이 있더니, 어느 날, 자기 집에 나를 초대했다. 마침, 그녀의 집은 우리 집 근처였고, 날 초대한 지은이는 너무 좋아서 온종일, 한껏 들떠있었고, 활짝 핀 꽃처럼 그녀 얼굴의 환한 미소가 내내 잊히지 않는다.

'은혜 내과 의원' 집의 외동딸, 지은이

그녀의 집은 내가 늘 학교에 오가면서, 동네 재래시장 옆으로 다니며

연보랏빛 고운 꽃이 피었습니다

보던, 붉은 벽돌집이었는데. 그 병원은 1층, 집은 2층이었다. 지은이 어머니도 너무 기쁘게 날 맞아 주셨었다. 매일 책만 보고, 공부만 하던 그녀는 어머니가 의사셨고, 아버지는 교수님이셨는데, 뱅뱅 도는 도수의 검은 뿔테 안경을 끼고, 또래의 평범한 아이들과는 친하지 않아서, 늘 외로운 아이였다.

그날로부터 친해진 나와 지은이는 매일 같은 책을 보고, 독후감을 돌려 보기도 하고, 늦게까지 같이 공부하였는데, 그러다가 우리는 중학교에도 같이 진학했다. 동네에서 걸어서 약 30분 걸리는 거리였는데, 긴 언덕길을 오르던 그 학교 길은, 아직도 눈에 생생할 정도로 그리운 모습으로 내 머릿속에 남아 있다. 지은이는 특히 시를 잘 지었는데, 나는 주로 산문을 썼었고, 지은이는 시를 써서 우리 글은 늘 중학교 문예지에 실리곤 했다. 우리는 늘 늦게까지 교정에서 무슨 이야기인지, 그렇게 서로에게 마음속의 많은 이야기를 하고, 삶에 대한 깊은 이야기와 고민을 하며, 서로 울컥하기도 하였다. 저 서쪽 끝에 겨우 달린 해가 어둑어둑해질 때면, 같이 '마이마이'로 그 당시 유행하던, 한국의 가요나 영어로 된 팝송 같은 음악을 듣기도 했다. 라디오 '별이 빛나는 밤에' 프로그램에 신청 곡을 써서 엽서에 적어 보내고, 혹시라도 당첨되어 우리가 신청한 그 곡이 라디오에서 흘러나올 때, 우리는 같이 숨죽이며 그 음악을 듣기도 하였다!

참 어지간히도 같이 붙어 다니면서 모든 슬픔과 기쁨을 나누던 사이였었지만, 하필이면 고등학교에 따로 가게 되면서, 몇 번의 편지로 연락하던 우리는, 결국 각자의 집이 멀리 이사하게 되어 영영 소원해지고 말았다.

그런데 이게 웬일인가! 몇 년 뒤, 내가 입학한 서울의 '배화여자대학교'의 신입생 오리엔테이션에서, 뜻밖에 그 학교에 같이 입학한, 임지은-그녀를 만나게 되었다.

몇 년 만의 반가운 재회

우리 사이에는 벌써 몇 년의 세월이 흘렀지만, 나도 그녀도 전혀 스스럼없이 서로를 알아보고, 우리는 얼싸안으며 반가워했다. 지은이는 결국 의사이신 어머니의 뜻에 따라, 의대에 진학하였다고 한다. 나도 평소 교사가 되길 바라신 부모님 뜻에 따라 교육학과에 진학했고, 그때 지은이의 권유로, 같이 문학 토론 동아리에 가입하게 되었는데, 그것이 우리의 삶을 바꾸어 놓았다. 지은이는 독서광답게, 대학 내에서 학생들 사이에서 유행하던, 모든 문학책과 이념 책을 섭렵하다가, 결국은 '공산주의 이념'에까지 눈을 뜨면서 대학교의 운동권에 들어가게 되었다. 지은이는 나에게도 권해서 나도 몇 번 그들의 모임에 들어갔다가, 그 분위기에 적응하지 못하고, 결국 탈퇴해서 나는 학교 근처의 야학에서 사회와 영어를 가르치게 되었다. 그 야학에서 불우 청소년들을 가르치면서, 나는 이 사회의 어두운 이면에 대한 이런저런 일들을 알게 되었고, 그것이 내가 정신적으로 성숙하게 된 계기가 되었다.

그때, 나는 야학에서 운명적으로 나의 첫사랑 선배를 만나게 되었고, 우리는 그때부터 긴 연애를 하게 되었는데, 지은이는 뜻밖에 운동권 서클

연보랏빛 고운 꽃이 피었습니다

에서 아주 강경한 운동권 선배를 만나게 되어, 그렇게 들어가기도 힘든 의과 대학 공부도 접고, 구로단지의 한 공장에 위장 전입하게 되었다. (거기서 노동운동을 한다고 하던가?) 외동딸, 지은이 일로 너무 속이 답답하신 지은이 어머니가 나에게 찾아오신 적도 여러 번이었다. 아주 꼿꼿이 살아오신 그 어머니가 "우리 지은이를 제발 좀 말려 달라"면서, 내 앞에서 한참 동안을 눈물 바람을 하시기도 하였다. 너무 고집이 세고, 현실보다 이념에 철저했던 그녀는 나처럼 적당히 현실과의 타협점을 찾지 못한 채, 그 선배와 모진 운동권의 삶을 살았었다.

그 몇 년 동안을, 선배와 같이 공장 근처에서 동거하며 살다가 결국, 지은이는 임신하게 되었고, 그 모진 삶에서 첫 번째 아기를 유산하고 나서, 그녀는 완전히 달라졌다. 한 몸 가누기도 힘든 여공의 삶을 살면서, 자기 배 속의 아기를 유산하더니, 결국 그녀는 그 운동권 생활을 다 접고, 다시 집으로 돌아와서 늦게 학업을 마쳤다. 의대 공부는 나이 때문에 포기하고, 결국 생물학을 전공했고, 'ㅁㅁ생물학 연구소'에 들어갔는데, 그곳에서 지금의 착한 남편을 만나, 현재 부산에서 살고 있다.

다시 일상의 삶으로!

그렇게 지은이의 굴곡진 삶은 이렇게 끝이 나고, 그녀는 연구원으로 평범한 삶을 살았는데, 그때부터 그녀의 나무와 화초에 대한 사랑은 대단하였다. 남편이 은퇴하면, 같이 귀농하려고 시골에 전원주택을 사들이고,

농사지을 땅도 많이 사 놓았다고 했다. 부산 바닷가에 있는 그녀의 아파트 베란다에는 온갖 나무며, 꽃이며, 푸르른 그녀만의 정원을 가꾸어 놓았다. 지은이는 아파트 베란다에 꽃사과며, 모과며, 체리, 유자 등등의 나무에서 귀한 열매를 맺게 하더니, 그녀의 베란다는 온통 '푸른 화원'이 되었다. 나는 그곳을 '비밀의 화원'이라고 부른다. 한겨울에도 난초의 고운 꽃이 가득하고, 가을이면 꽃사과가 열리고, 여름에는 체리가 열리던 그녀의 정원!

아…. 아직도 생각난다. 검은 뿔테 안경 너머 그녀의 까맣던 눈동자와 꼭 다문 단정한 입술, 하얀 얼굴에 가득했던 주근깨, 곱게 두 갈래로 땋았던 까만 머리… 그녀가 늘 옆에 끼고 살았던 두꺼운 문학책들, 이념에 대한 그녀의 고집이 얼마나 대단했던지, 지은이가 결정했던 첫 번째 삶의 방향과 그토록 힘든 사랑의 시작은 어느 사람도 말리지 못했다.

지은이는 그 유산으로 얼마나 상실감이 컸는지, 그녀가 철저히 믿고, 모든 것을 걸었던 그 모든 이념과 사상, 그리고 그녀의 유일한 동지였고, 남편이었던 그 선배와 같이하던 운동권의 모진 삶을 홀로 뛰어넘은 것이다. 그렇게 여자에게 모성은 대단한 것이다. 다시 부모님이 계신 현실의 삶에 복귀했지만, 그녀는 그 후에 자신의 아기가 없어서 더더욱 베란다의 온갖 나무와 화초에 애정을 쏟는지도 모르겠다. 모과며, 꽃사과나무, 체리 나무 등을 베란다에서 키우고, 예쁘게 열매가 맺게 하면서 그녀는 큰 보람을 느끼는가 보았다. 온갖 꽃과 나무를 소유한 그녀의 푸르른 정원은 그냥 꽃과 나무가 아닌, 그녀의 작은 분신인 듯했다. 애지중지하며 나무

연보랏빛 고운 꽃이 피었습니다

를 키우는 그녀의 모습이 짠해서, 나는 그녀와 그녀의 화원을 생각할 때마다, 왠지 울컥하기도 했다.

그때, 그 모임에서 그 사람을, 그 선배를 만나지 않았더라면, 그녀는 평범하게 공부 잘 마치고, 멋진 여의사가 되어 자신과 남편을 닮은 예쁜 아이를 낳아서 기르고 있었을까? 그 아이가 커가는 그것을 보면서, 그녀는 그 옆에서 얼마나 행복했을까? 가을이라 그런가? 지은이가, 그녀의 삶이 왠지 애처롭게 느껴지는 날이다. 지은이는 오늘, 또 그녀의 화원에서 무슨 꽃과 더불어 긴긴 하루를 살고 있을까…!

우리의 지난 추억들과 또한 우리가 보냈었던 녹록지 않았던 긴 세월이 떠 올라, 오후 시간 내내 나도 창밖을 내다보면서, 저 멀리 '추억의 시간' 속을 서성이게 되는 적막한 11월의 오후였다.

(이 글은 현재, 부산에 사는 내 친구를 모델로 하여 짧은 글로 꾸며 본 것이다. 그녀가 보내준 이 사진은 '분홍나리꽃과 검은 호랑나비'이다. 꽃과 나비의 절묘한 순간을 아주 잘 포착했다.)

연보랏빛 고운 꽃이 피었습니다

후기

내 소설 속의 여자 주인공들은 한결같이 이 세상의 기준으로는 고달프고, 힘든 삶을 살았다!

참 이상하게도, 나는 그녀들에게 힘든 삶을 살도록 하였고, 특히 〈선희 씨의 사소한 소망〉 소설의 주인공인 선희는 내가 가장 사랑하던 인물이었지만, 그녀는 가장 불행한 삶을 살았다. 게다가 나는 결국엔 누구도 생각지 못한 참혹한 죽음을 그녀에게 준비해 두었다! 그녀의 마지막 죽음이 임박한 글을 쓰면서, 그녀의 고통이 내게도 느껴져서, 나 또한 눈물을 흘리기도 했었고, 급기야 글을 쓰며 마무리를 하는 내 마음이 몹시 울적해지기도 했었다! 특히 이 소설은 '문예지'에 작품을 응모하려는 생각으로 쓴 것이어서, 선희 씨의 극단적인 죽음은 독자들을 다소 놀라게 할 수도 있었을 것이다. 그리고 이 책에 실린, 글의 순서는 내가 글을 쓴 순서대로 편집하였다.

또 다른 소설 속의 '미령이'는 힘든 삶 가운데서도, 오뚝이같이 일어나 결국은 행복을 쟁취하였던 나의 가장 스스럼없이 친근한 친구였었는데, 제1부를 문학 카페에 연재한 후에 독자들의 요청으로, 제2부의 새로운 삶을 다시 써본 것이다. 또 다른 주인공인 '수경이'도 내내 행복했으면 하는 친구였는데, 유일하게 그녀만은 비교적 평탄하고 행복한 삶을 살았다! 나는 그녀들이 비록 외적인 면으로는 불행한 삶을 살았지마는, 그들이 늘 작은 희망의 끈만은 놓지 않았으면 했다.

그런데도, 그 얇은 희망의 끈조차 잡지 못한 나의 '가련한 선희 씨'는 글 쓰기 전부터, 그리고 글을 다 쓴 후에도 늘 생각만 해도 가슴이 아팠고, 이 글을 쓰는 내내 그녀에게는 미안한 마음이 앞섰다! 부디 하늘나라에서는 나의 가련한 선희 씨가 행복하기를 바라며, 또한 그녀들의 삶이 아프고 힘든 삶을 살아내는 나와 내 친구들에게, 그리고 이 책을 읽는 여러 독자분께 작은 희망이라도 주었으면 하면서, 이 책의 마지막을 마무리해 본다.

나의 부족한 글들을 끝까지 읽어주신 독자 여러분께, 깊이 감사함을 전하며….

연보랏빛 고운 꽃이 피었습니다